MANDOLINES ET BARBOUZES

Liste alphabétique complète des

Romans d'Exbrayat

(Masque et Club des Masques)

	Masque	Club des masques
Aimez-vous la pizza ?	700	55
Amour et sparadrap	680	21
Les amours auvergnates	1001	506
Les amoureux de Léningrad	1061	157
Au " Trois Cassoulets "	1154	229
Avanti la musica	715	43
La balade de Jenny Plumpett	1481	
Barthélemy et sa colère	854	354
La belle Véronaise	1210	268
Les blondes et papa	727	126
Bye, bye, chérie	1330	562
Caroline sur son banc	1556	
Ce mort que nul n'aimait	625	133
Ces sacrées Florentines	1046	147
C'est pas Dieu possible	1308	544
Cet imbécile de Ludovic	674	85
Chant funèbre pour un gitan	1012	145
Le château des amours mortes	1608	
Chewing-gum et spaghetti	665	12
Chianti et Coca Cola	897	33
Le clan Morembert	1098	520
Le colonel est retourné chez lui	875	170
Les dames du Creusot	904	398
Le dernier des salauds	958	454
Des amours compliquées	1457	
Des demoiselles imprudentes	721	369
Des filles si tranquilles	1123	529
Deux enfants tristes	1423	555
Dors tranquille, Katherine	762	286
Les douceurs provinciales	1744	51
Elle avait trop de mémoire	583	27
En souvenir d'Alice	1469	
Encore vous, Imogène ?	753	118
Espion où es-tu ? M'entends-tu ?	1761	98
Et qu'ça saute !	1751	106
Félicité de la Croix-Rousse	1033	215
Les fiançailles d'Imogène	1176	197
Les filles de Folignazzaro	797	360
Fini de rire, fillette	1512	568
La haine est ma compagne	1634	
L'honneur de Barberine	1741	
La honte de la famille	831	478

	Masque	Club des masques
Il faut chanter, Isabelle	992	498
Imogène est de retour	706	110
Imogène et la veuve blanche	1406	571
Imogène, vous êtes impossible	801	140
L'inspecteur mourra seul	638	19
J'aimais bien Rowena	1345	575
Joyeux Noël, Tony	1768	63
Ma belle Irlandaise	1719	
Mandolines et barbouzes	1805	80
Marie de nos vingt ans	1380	
Méfie-toi, Gone!	741	67
Les menteuses	1141	223
Les messieurs de Delft	839	312
Mets tes pantoufles, Romeo	1713	
Mortimer, comment osez-vous?	969	294
Ne vous fâchez pas, Imogène	647	75
Le nez dans la luzerne	1597	
Notre Imogène	1070	165
La nuit de Santa Cruz	592	378
Olé! toréro	788	303
On se reverra, petite	824	47
Le petit fantôme de Canterbury	1392	
La petite fille à la fenêtre	1188	239
Plaies et bosses	919	59
Le plus beau des Bersagliers	779	88
La plus jolie des garces	1728	
Porridge et polenta	1291	345
Pour Belinda	975	393
Pour ses beaux yeux	1167	542
Pourquoi tuer le pépé?	1220	256
Le quadrille de Bologne	1821	102
Quand Mario reviendra	1240	318
Quel gâchis, inspecteur	814	39
Qui veut affoler Martine?	1278	336
Le quintette de Bergame	978	181
Le sage de Sauvenat	1667	
Sainte Crapule	1256	327
Le temps se gâte à Zakopane	1840	92
Ton amour et ma jeunesse	1227	247
Tout le monde l'aimait	1086	205
Trahisons en tout genre	1566	
Tu n'aurais pas dû, Marguerite	1430	585
Un bien bel homme	1116	277
Un cœur d'artichaut	1536	487
Un garçon sans malice	1782	
Un joli petit coin pour mourir	1020	190
Une brune aux yeux bleus	935	71
Une petite morte de rien du tout	893	414
Une ravissante idiote	1827	114
Une vieille tendresse	1645	
Vous auriez pas vu la Jeanne, des fois?	1755	
Vous manquez de tenue, Archibald	872	384
Vous souvenez-vous de Paco?	616	5
Le voyage inutile	925	441

EXBRAYAT

MANDOLINES ET BARBOUZES

LIBRAIRIE DES CHAMPS-ÉLYSÉES

CHAPITRE PREMIER

— Où es-tu encore caché, maudit Sicilien ! Malheur de ma vie ! Honte de ta race ?

Ettore Bronzolo qui discutait avec son voisin Giorgio Locri, des chances respectives de l'Inter de Milan et du Lazio de Rome en vue de leurs prochains paris au Totocalcio, sursauta avant de gémir :

— Tu l'entends, Giorgo ? Vingt ans qu'elle me crie après ! C'est pas possible, je devais être soûl le jour où je lui ai demandé sa main !...

— Tu la voyais sous un autre angle.

— Je me demande sous lequel, pour qu'elle ait pu me séduire ?... Il est vrai que nous autres, Siciliens, nous sommes poètes ou bandits de père en fils, et que, bandits ou poètes, on transfigure toujours la réalité.

Locri hocha la tête avec componction.

— Tu parles bien, Ettore !

— C'est une phrase que j'ai lue.

— Encore fallait-il la retenir !

— Ettore ? Par la vertu de ma mère, si tu m'obliges à aller te chercher, tu le regretteras !

— Voilà, Gelsomina... voilà !... Adieu, Giorgio, je retourne à mon bagne, mais je te dis en toute franchise : Dieu n'est pas juste !

Bronzolo, suivi par le regard apitoyé de son ami Giorgio, s'en fut, traînant la jambe. Homme de taille courte, rond comme une boule, il portait de belles moustaches aux pointes relevées, mais n'avait plus qu'une couronne assez fournie de cheveux frisés autour du crâne. Gelsomina, les poings sur les hanches, l'attendait sur le seuil de leur magasin de charcuterie.

— Et alors ? Tu crois que c'est une manière de se conduire ? Tu me laisses tout le travail pour filer bavarder avec des fainéants de ton espèce ? Pour qui tu me prends, dis, esclavagiste ?

Ettore préféra ne pas avouer à son épouse pour quoi il la prenait, car elle lui aurait sans doute sauté dessus à seule fin de venger son honneur.

***

Gelsomina avait vu le jour quarante-cinq années plus tôt, dans le Piémont. Une petite femme sèche, active, hargneuse, ne parvenant pas à admettre qu'elle avait épousé l'homme le plus paresseux de toute l'Italie.

Quand elle repensait à ce dimanche de printemps de 1938 où, placée à Modène, elle se promenait dans les allées du Jardin Public pour bercer sa solitude de rêves matrimoniaux, elle se serait battue ! Parmi le groupe de soldats la plaisantant au passage, elle avait tout de suite remarqué le plus petit d'entre eux, bavard et rieur, noir de poil et semblant incapable de rester en place. Ettore

Bronzolo effectuait son service militaire à Modène, pour le malheur de Gelsomina. La Piémontaise et le Sicilien s'étaient mariés juste avant la guerre. Commis charcutier, Ettore, se débrouillant plus ou moins honnêtement durant les restrictions sévères, gagna assez d'argent pour acheter une petite charcuterie à lui, dans un quartier périphérique au bout de la *via* Cesare Costa, pas bien loin du cimetière de San Cataldo.

Très vite, Gelsomina s'aperçut que son mari détestait le travail, et que le marché noir avait épuisé toutes les forces lui restant. Sitôt la charcuterie ouverte, il engagea des commis et un cuisinier, consentant tout au plus à veiller à l'exécution ou l'expédition des commandes quand il y en avait, ce qui se révélait assez rare dans ce quartier populaire. Le plus gros des bénéfices venait des enterrements des classes modestes. Sur le chemin du retour, les participants s'arrêtaient presque toujours chez Bronzolo pour y acheter un casse-croûte, le chagrin donnant souvent de l'appétit comme chacun sait. Des veuves avisées, n'entendant pas se mettre en cuisine pour leur premier jour de liberté, se procuraient de quoi confectionner un savoureux repas où seraient conviés consolateurs et consolatrices.

Parce qu'elle l'aimait, Gelsomina s'acharna à arracher son époux à la paresse naturelle l'engloutissant chaque jour davantage. Rien à faire ! En vain s'était-elle voulue tendre pour le ramener à une plus claire compréhension de ses devoirs et, sans plus de succès, féroce. Ettore courbait le dos sous l'orage, mais refusait l'effort.

Tout le monde connaissait ceux qu'on appelait les charcutiers de San Cataldo. L'écho de leurs querelles dépassait largement les limites du quartier. Ettore était devenu un des hommes marquants du folklore de Modène. Le naïf en tirait gloire alors que sa pauvre femme en desséchait de honte. Pour tous, dans ce pays de travailleurs, Ettore faisait figure d'excentrique. On aimait son amabilité, on prisait ses manières courtoises sentant le vieux temps, on appréciait une affabilité jamais en défaut. On jugeait le mari de Gelsomina de bon conseil, et on n'hésitait pas à lui soumettre des problèmes familiaux, des inquiétudes sentimentales. Avec cette belle injustice dont le monde témoigne sans cesse, c'était Gelsomina qui passait pour quelqu'un de peu intéressant alors qu'elle se tuait à mener la charcuterie. Elle enrageait, la pauvre, mais elle ne protestait pas, d'abord parce qu'elle avait sa fierté, ensuite parce qu'elle se sentait tout de même un peu flattée d'être la femme d'un homme dont on disait tant de bien.

Sicilien, Ettore Bronzolo s'affirmait un croyant à toute épreuve si bien que le clergé de Modène parlait de lui avec sympathie. Mais cette foi hautement affirmé lui valait l'hostilité de nombreux communistes de Modène qui, dans le quartier de San Cataldo, se résignaient à porter leur argent à ce fasciste de Bronzolo sous prétexte qu'on ne le voyait jamais dans son magasin. Ettore n'était pas fasciste. Il rêvait simplement au retour d'un roi qui le nommerait charcutier de la cour.

Un soir où, les commis et le chef partis, Gelsomina et Ettore demeuraient en tête à tête devant la vaiselle à nettoyer, on frappa à la porte de derrière, celle où passaient les gens de l'abattoire apportant les porcs comme aussi quelques familiers qui, au moment de se mettre à table, s'apercevaient qu'il leur manquait la mortadelle ou le saucisson devant agrémenter le menu.

Soupirant de fatigue, Gelsomina se leva, ouvrit la porte, pour se trouver en présence d'un inconnu encore jeune et de fort belle allure, demandant à parler au *signor* Ettore Bronzolo. L'homme se révéla être un de ces Français envers lesquels Gelsomina éprouvait une sympathie naturelle. Reçu avec civilité, invité à casser la croûte en buvant un verre de Lambrusco, le nouveau venu déclara connaître à fond Ettore et sa femme, être au courant de l'anticommunisme profond de Bronzolo, et en bref, il venait lui demander de collaborer à la défense de l'Occident et de sa culture, en mêlant ses efforts à ceux des agents des Services Secrets français.

Sur le moment, Ettore ne réfléchit guère. Son imagination aidant, il se voyait déjà partir à la chasse aux espions rouges : les romans lus, les films admirés, lui brouillaient quelque peu la cervelle. Quant à Gelsomina, si son premier mouvement fut de refuser, elle s'avoua vite extrêmement émue d'apprendre que, pour défendre l'Occident et l'Eglise, on avait besoin de son mari qu'elle considéra aussitôt comme une sorte de Jules César, prêt à marcher sur Rome. De plus, en ferme économe, elle reçut sans déplaisir l'annonce que des francs, en une source intermittente, arroseraient à la barbe du fisc italienne le bas de laine des Bronzolo. On avait bu une bouteille de Lachryma Christi à la déconfiture de Kossyguine et de ses amis, notamment de Luigi Cannaregio, le cordonnier de la *via* del Murazzo, qui traitait Ettore de « pieuvre capitaliste suçant le sang prolétarien des travailleurs modènais ». Avant de les quitter et après leur avoir enseigné tout ce qu'ils devaient savoir pour travailler utilement, le Français avait gentiment averti les époux Bronzolo que, désormais, ils ne pourraient plus revenir en arrière. Ils étaient agents secrets pour la vie ou presque. A la vérité, cette affirmation troubla légèrement la digestion d'Ettore et de sa Gelsomina.

Au début, les voisins et les amis d'Ettore se demandèrent ce qui avait bien pu lui arriver pour qu'il prît cet air important. Bronzolo souffrait : un besoin fou le démangeait, histoire de susciter le respect ou l'envie, de révéler son nouveau métier et de faire comprendre aux gens (notamment à ce voyou de Luigi Cannaregio), qu'en le croisant, ils croisaient un héros. Mais, peu à peu, apprenant la mort, la disparition, le séjour à l'hôpital d'hommes et de femmes travaillant dans le même secteur que lui, le charcutier commença à se demander s'il n'avait pas commis la plus grosse sottise de sa vie en acceptant une tâche aussi dangereuse. Ne pouvant admettre de s'être laissé rouler, il s'attaqua à Gelsomina qu'il accusa d'avoir voulu se débarrasser de lui en le poussant à entrer dans une histoire où, à chaque coin de rue, la mort vous clignait de l'œil. On imagine si la digne *signora* Bronzolo réagit vigoureusement à ces accusations mensongères et par le miracle de la « furia » italienne, des activités qui, ordinairement, par essence et par sécurité, demeurent secrètes, devinrent l'objet de véhémentes querelles sur la voie publique. Heureusement, les époux procédant par allusions qu'ils étaient seuls à comprendre, nul ne songea à venir couper le cou de Bronzolo et de sa légitime.

Bien qu'elle jurât ne devoir goûter le bonheur parfait que le jour de son veuvage, Gelsomina se faisait un sang d'encre. Elle aussi regrettait de s'être laissé embobiner par ce maudit Français. Cependant, son angoisse, son inquiétude, au lieu de se muer en tendresses attentives, se transformaient en colères et reproches à l'adresse d'Ettore qui s'imaginait haï alors qu'il n'était que mal aimé.

***

Lorsque ayant quitté son copain Giorgio Locri, Bronzolo pénétra dans le magasin en passant sous le rideau de fer que Gelsomina soutenait avant de le laisser retomber avec fracas derrière son époux, Ettore eut l'effrayante impression d'être subitement coupé du monde et livré sans défense à la mante religieuse qu'il croyait avoir pour épouse.

— *Ma qué !* Tu es donc sans vergogne, Ettore ? Tu oses te promener devant tout le quartier alors que ta femme se crève au boulot ? Mais quel homme es-tu donc, Ettore Bronzolo ? Qu'est-ce qu'ils doivent penser les voisins, hé ?

— Ce qu'ils pensent ? C'est pas difficile si tu tiens à le savoir ! Ils pensent : le pauvre Ettore, son purgatoire, il le vit sur terre ! Le paradis, il y aura droit sans examen de passage ! Cette Gelsomina, elle lui est après du matin au soir ! Le malheureux, si ça continue comme ça, sûr qu'on l'enferme chez les fous ou qu'il se suicide ! Voilà ce qu'ils pensent les voisins, Gelsomina ! Je dois ajouter que de pareilles opinions, elles ne te font pas honneur.

Elle l'avait écouté, blême, les lèvres serrées. Quand il eut terminé, elle aspira un grand coup pour essayer d'emmagasiner le plus d'air possible dans sa maigre poitrine et se lança dans une riposte qu'elle espérait définitive.

— Mon déshonneur, voilà ce que tu es ! Je te

traîne après moi comme une maladie honteuse dont tout le monde serait au courant ! Tu pouvais pas y retourner dans ta Sicile, dis, espèce de mangeur de cailloux ? Quand je pense à ce garçon coiffeur qui voulait m'épouser... superbe qu'il était, Francesco ! Il venait de Romagne...

— Il me doit une fière chandelle ton Romagnole !

— Tais-toi ! Tu n'as pas la parole ! Tu es un dénaturé ! Tiens, le jour où les Russes te feront ton affaire, je boirai le champagne !

Elle se tut brusquement, peinée d'avoir sottement exprimé des sentiments qu'elle n'éprouvait pas, et redoutant que quelque puissance maléfique ne la prît au mot. Ettore ne répondit pas, se contentant de la regarder d'un œil où se mêlaient la stupéfaction de l'époux bafoué, l'horreur d'un homme découvrant un meurtrier dans son entourage, le dédain du pur à l'égard de la trahison, la résignation du philosophe en face de la laideur du monde. Sans une parole, sans un geste de colère, il tourna le dos à sa femme et gagna la chambre conjugale. Bouleversée, Gelsomina rejoignit son époux, le prit dans ses bras et tous deux mêlèrent de merveilleuses larmes. Pleins de remords et d'inquiétudes, ils entamèrent la nuit, enlacés comme au temps de leur lune de miel.

***

En cette même nuit, le professeur Marco Arena, en dépit de ses soixante et onze ans, se sentait plus jeune qu'il ne l'avait jamais été, car il touchait au terme de ses efforts : doter l'Italie d'une bombe dont le volume remarquablement réduit ne diminuerait en rien la puissance de destruction ; de plus, elle coûterait moins cher à fabriquer que les bombes soviétiques, américaines ou françaises. Ainsi, en peu de temps, l'Italie pourrait, à moindre frais, devenir une puissance atomique aussi redoutable que les autres.

Arena habitait un petit hôtel particulier sur le *Viale* dei Caduti in Guerra, juste en face du Jardin Public. Perdu depuis des années dans ses recherches, il y avait belle lurette qu'il ne prenait plus garde aux alternances quotidiennes du jour et de la nuit. Au début, sa gouvernante, la sévère Adda Vetulonia, avait essayé de l'obliger à vivre comme tout le monde avant d'y renoncer de façon définitive. Le jour, elle se tenait à sa disposition pour lui préparer n'importe quoi à n'importe quelle heure, le soir, avant de se coucher, elle ne regagnait pas sa chambre sans laisser sur la table de la salle à manger, un en-cas. Adda était une grande femme mince, aux cheveux de neige. Une jeunesse fortunée lui avait fourni une excellente éducation. Des malheurs dus d'abord à des histoires de famille, puis aux aventures politiques de l'Italie, l'avaient réduite aux fonctions subalternes de gouvernante. La porte de sa chambre refermée, elle cherchait sur les cordes de sa mandoline, les échos d'un temps auquel son cœur demeurait attaché. Deux fois par semaine, Adda passait la soirée parmi des amis comme elle amoureux de la mandoline et, tous ensemble, s'offraient de petits concerts où ces femmes et ces hommes sur l'âge s'imaginaient retrouver leur jeunesse. Ils jouaient des airs d'autrefois sous la très distincguée conduite d'Annibale della Comana, petit vieillard alerte à l'élégance surannée dont les manières demeuraient celles de la cour sous Victor-Emmanuel III jusqu'à la Première Guerre mondiale. Dans le chant saccadé des mandolines, il reconstruisait un monde dont il n'admettait pas la disparition et dont il entendait assumer la sauvegarde. De plus, il était épris comme on peut l'être aux environs de la septantaine, d'Adda Vetulonia en compagnie de laquelle, il eût bien aimé terminer les jours lui restant à vivre.

Avant de quitter l'hôtel Arena pour rejoindre ses amis et oublier le temps présent, les communistes, les Russes, les Américains, les Français, en bref, tous ceux qui ne cessaient de se menacer mutuellement d'extermination définitive, Adda ne manquait pas de souhaiter la bonne nuit au professeur. D'ordinaire, Marco, toujours occupé, répondait brièvement aux paroles aimables de sa gouvernante, mais, ce soir-là, à peine l'eut-il entendue, qu'il bondit à son devant, lui prit les mains, entama une sorte de gigue incohérente et, aux yeux de la *signora* Vetulonia, nettement déplacée pour un homme de l'âge, de la situation sociale du professeur Arena.

— Ça y est, Adda ! J'ai trouvé ! J'ai fini ! Je suis le plus grand savant atomiste du monde ! Une bombe, tu entends, Adda ? Une seule bombe qu'un petit avion monoplace pourra emporter et d'un seul coup, sera effacée de la surface de la planète, une ville comme Modène ! Qu'est-ce que tu dis de ça ?

— Je dis, professeur, que si je n'étais pas à votre service depuis si longtemps, je vous quitterais ce soir !

Il la regarda, ébahi, se demandant visiblement s'il avait bien entendu. Sortant pour une fois de sa réserve, Adda enchaînait sur un ton de fureur croissante :

— Croyez-vous qu'à mon âge, il soit plaisant

d'entendre un aspirant-criminel se vanter du crime qu'il prépare ? Pendant des années, professeur, je vous ai tenu pour le plus honnête homme rencontré durant ma vie et maintenant que je suis au moment où l'on ne peut plus changer d'espérance, il me faut constater que le pire des assassins de toute l'histoire de notre pays, n'est rien à côté de vous ! Dieu vous punira, professeur Arena !

— Tu es folle, ou quoi, Adda ?

— Désespérée seulement, professeur.

Le savant protesta : homme de science, il ne s'appliquait à rien d'autre qu'à son métier, cherchant à résoudre des problèmes posés par les temps actuels. Il n'avait pas à se soucier, il ne se sentait pas responsable de l'usage que les hommes feraient de ses découvertes. Mais Adda ne voulaient pas se laisser convaincre :

— Une manière commode de rassurer votre conscience, professeur ! Vous ne jugeriez pas criminelle la mère qui mettrait un pistolet chargé entre les mains de son enfant avant de l'envoyer jouer avec ses camarades ?

— Adda, tu m'embêtes ! File retrouver tes gratteurs de mandoline, moi, je retourne au travail !

Elle n'insista pas.

— Bonsoir, professeur, mais, au lieu de tant travailler, vous seriez mieux inspiré de penser à votre salut, car la mort nous prend toujours au moment où nous nous y attendons le moins...

La gouvernante sortit assez vite pour ne point entendre les qualificatifs désobligeants dont le professeur Arena l'accablait. Le vieil homme détestait qu'on lui parlât de l'éventualité de sa mort. Fier de son intelligence, il était persuadé de posséder des sens assez aiguisés, un savoir suffisamment étendu pour deviner l'approche de la noire visiteuse lorsque son heure sonnerait. Le professeur se trompait, car, tandis qu'il se consolait de la sorte, sa mort se tenait aux aguets, dans le Jardin Public, en face de sa maison.

⁂

Honoré Grandsaigne, des Services Secrets français, ne pensait plus depuis longtemps. Parfait agent d'exécution, il obéissait. Il avait acquis l'état d'esprit tranquille, insensible à la durée, qui caractérise les ruminants. Il pouvait rester des heures et des heures immobile, quasi minéral, à attendre que se produisît ce qu'il avait pour mission d'observer. La qualité exceptionnelle de Grandsaigne tenait à sa capacité de passer en une fraction de seconde de son indifférence physique à une activité extraordinaire. On le considérait comme un tueur exceptionnel. Par son allure endormie, lente, semblant privée de réflexes, il surprenait sans cesse ses adversaires. Généralement, il ne laissait jamais à ceux-ci le temps d'exprimer leur surprise. Honoré savait qu'il lui incombait de se procurer un carnet noir sur lequel le professeur Arena consignait tous ses calculs. Il devait s'en emparer par n'importe quel moyen. Depuis une semaine, il vivait la nuit dans le Jardin Public, guettant la fenêtre du savant, des renseignements lui ayant appris l'imminence du terme de ses recherches. Sans manifester la moindre impatience, se confondant avec le tronc de l'arbre contre lequel il s'appuyait, Grandsaigne laissait couler les heures prêt à sauter sur la première occasion lui permettant de s'introduire dans l'hôtel Arena.

A cinquante mètres plus à gauche de l'arbre servant d'abri provisoire à Grandsaigne, Vladimir Ozoukov guettait lui aussi, comme son homologue français, le moment où il pourrait se glisser chez le professeur Arena et s'approprier le carnet noir, également par n'importe quel moyen. Au contraire d'Honoré, Vladimir s'affirmait un imaginatif, un rêveur. Inaccessible à la pitié lorsqu'il s'agissait de remplir sa mission, le silence l'entraînait toujours à la rêverie, une rêverie le ramenant invariablement en Ukraine, près de Jitomir, dans le village où vivait Vera Marmanskaïa, sa fiancée. Vladimir parvenait assez curieusement à se dédoubler lorsqu'il se trouvait en « planque ». Tandis que l'Ozoukov officiel ne perdait pas de vue celui qu'il espionnait, l'Ozoukov amoureux souriait à une provision de souvenirs qu'il gardait en lui et faisait resservir indéfiniment. Doué d'une excellente mémoire, il déroulait, pour lui seul, un film composé de toutes les images de Vera dont la blondeur éclairait les atmosphères les plus sombres. Sous les divers ciels d'Europe, Vladimir avait rêvé de sa fiancée. Il ne cessait de penser à elle qu'au moment où il entrait en action pour la plus grande gloire des Services Secrets soviétiques.

Ainsi, le drame se préparait dans la nuit modènaise. Et tandis qu'Adda Vetulonia s'apprêtait à aller jouer de la mandoline chez Annibale della Comana, que le professeur Arena, ivre d'orgueil, mettait la dernière main à une invention devant le transformer en héros national, que Grandsaigne se contentait de vivre au ralenti, que Vladimir Ozoukov souriait au visage évoqué de Vera Marmanskaïa, la mort se glissait parmi ce petit monde, s'apprêtant à y récolter une abondante moisson.

Sur le trottoir de l'hôtel Arena, un musicien vagabond, Ercole Lampagnini, désespérant sans doute de voir passer des amateurs généreux, égrenait pour lui seul, sur une mandoline, les notes de *O sole mio*, ce qui, à tous les points de vue, était un anachronisme.

L'œil de Grandsaigne cilla, celui d'Ozoukov se durcit lorsque Adda quitta la maison Arena. En passant devant Lampagnini, elle lui jeta une mince obole en lui murmurant quelques mots, sans doute de réconfort, car la vieille demoiselle était d'âme tendre.

Les deux agents laissèrent passer un très long moment avant de se risquer hors de leur cachette. Ils s'y décidèrent au même instant, mais prirent chacun un chemin différent, ce qui leur évita de se trouver tout de suite nez à nez. Seul, Ercole Lampagnini qui possédait des yeux excellents les vit sortir du Jardin Public, mais il n'était pas homme, apparemment, à se mêler des affaires d'autrui. Progressant avec cette habileté, cette expérience que des mois et des mois d'apprentissage leur avaient inculquée, le Russe et le Français atteignirent presque ensemble la grille du parc de l'hôtel Arena, une grille qu'on ne fermait jamais. Ils marquèrent tous deux un temps d'arrêt, ne se reconnaissant pas tout de suite. Pendant quelques secondes, ils hésitèrent. Grandsaigne se décida le premier. Portant une cigarette à la bouche, il s'approcha du Russe et s'enquit :

— Auriez-vous du feu, *signore* ?

Ozoukov qui s'attendait à tout sauf à cette demande, perdant un instant son self-contrôle, répondit spontanément :

— *Da !*

Aussitôt, Honoré exécuta un bond en arrière et mit la main à la poche, en grognant :

— Ozoukov !

Vladimir sortit son arme presque aussi rapidement que le Français.

— Grandsaigne !

— Je tire vite !

— Moi aussi !

— Dans ce cas, on risque de se toucher mutuellement !

— Il y a des chances.

— Ce serait idiot !

— Tout ce que font les impérialistes est idiot !

Placés dans une situation impossible, ils hésitaient. Au surplus, le musicien, à une vingtaine de mètres, par sa seule présence, les empêchait de se canarder, sans compter qu'ils n'étaient pas tellement enclins à se tuer lorsqu'ils pouvaient agir autrement. Honoré risqua :

— Vous venez pour... Arena ?

— Pour un certain petit carnet noir. Comme vous, je pense ?

— Comment avez-vous été averti qu'il comptait terminer aujourd'hui ?

— Sans doute par le même canal que vous !

Grandsaigne soupira :

— Il n'y a plus de conscience chez les indicateurs... Seriez-vous d'accord pour qu'on joue le truc loyalement ?

— De quelle façon ?

— Nous partons chacun d'un côté, nous effectuons le tour de la propriété, puis, nous prenons notre chance, du moment où nous nous sommes éloignés l'un de l'autre. D'accord ?

— D'accord !

A cause de Vera, il restait à Vladimir, une certaine dose de naïveté. Surtout, il méprisait Grandsaigne qu'il n'avait jamais eu l'occasion de voir à l'œuvre. Ce fut son erreur.

Ainsi qu'ils en étaient convenus, les deux agents, pareils aux duellistes d'autrefois se tournèrent le dos et partirent en sens opposé. Mais, tandis que Vladimir, l'intelligence un peu brouillée par le souvenir de Vera, s'en allait d'un pas résolu, Honoré revenant en arrière, entreprit le mandoliniste.

— Ami, connais-tu autre chose que *O sole mio ?*

— Je sais beaucoup d'autres choses mais je les garde pour moi. Je méprise les passants.

— C'est ton droit, mon vieux. Par hasard, serais-tu capable de jouer *Kalinka ?*

— Bien que cela puisse vous étonner, j'ai quand même eu un premier accessit au concours de sortie du Conservatoire de Milan. Je peux jouer *Kalinka.*

Grandsaigne sortit un billet de cinq mille lires de sa poche.

— Joue *Kalinka* avec sentiment, ami, lorsque mon copain russe passera devant toi, c'est tout ce que je demande pour ces cinq mille lires.

— Un beau cachet...

Honoré se glissa alors dans le parc d'Arena.

Lampagnini, en dépit des précautions prises par le Soviétique, l'entendit approcher. Quand il fut à une soixantaine de mètres de lui, il entama *Kalinka.* Cette musique grêle et cependant endiablée, avec parfois un tempo émouvant de tendresse, frappa Ozoukov en plein cœur. *Kalinka...* Du coup, Vera Marmanskaïa fut là, dansant dans la nuit modènaise. Il s'arrêta devant Lampagnini. Oubliant pour une fois dans sa vie — et la dernière — de se tenir sur ses gardes, il se laissa aller tout entier à l'ivresse du pays retrouvé. Il scanda le rythme avec la tête, puis avec le pied. Au fur et à mesure que la musique le pénétrait, il croyait respirer l'odeur du vent dans les rues de Jitomir, ou entendre le rire de Vera. Sur le trottoir, il entama une danse comme si sa fiancée se trouvait à ses côtés. Pour elle, il exécuta entrechat sur entrechat, avançant, glissant, repartant toujours soûlé par cette musique qu'Ercole accélérait. Il n'était plus à Modène, mais à Jitomir, au soir du Premier Mai, quand la vodka coule à flots et que les belles voix graves résonnent dans les cafés où même les ivrognes se taisent pour écouter. Tournant le dos au portail, il s'apprêtait à s'élancer pour retomber devant le musicien, les bras en croix, les talons bloqués en un équilibre précaire, lorsque le casse-tête d'Honoré Grandsaigne lui fendit si proprement le crâne que Vladimir passa directement de son rêve dans l'autre monde. Vera Marmanskaïa ne s'appellerait jamais Vera Ozoukova.

Lampagnini, parce qu'il se voulait honnête, tint à terminer le morceau commencé. Au surplus, il haïssait les « barbouzes » à quelque pays qu'elles appartinssent puisqu'elles mettaient en péril la paix de sa belle ville de Modène.

Pendant ce temps, le Français, empoignant le cadavre de son confrère par les épaules, le traînait jusque dans le parc du professeur Arena où il le déposa derrière une haie de buis. Avant de l'abandonner là, Honoré considéra un instant sa victime, puis, haussant les épaules, murmura :

— Couillon, va !

Ce fut toute l'oraison funèbre de Vladimir Ozoukov, natif de Jitomir, en Ukraine.

⁂

Mario Arena goûtait les minutes les plus exaltantes de sa déjà longue vie. Il inscrivait sur son carnet la belle, la passionnante formule née de son intelligence et qui réglait le problème de la miniaturisation des bombes sans nuire à leur efficacité. Il se voyait accueilli à Rome, au Quirinal, par le Président de la République qui lui décernait le titre de « Bienfaiteur de la Patrie ». C'est alors qu'une voix impersonnelle conseilla dans le silence du laboratoire :

— A votre place, professeur, je me retournerais tranquillement et veillerais à ne pas crier.

Contrairement à ce qu'on lui suggérait, Arena se retourna d'un bloc pour se trouver en présence d'un homme encore jeune, au visage lourd, aux yeux morts, qui le menaçait d'un pistolet au canon démesuré. Il balbutia :

— Qu'est-ce que... vous... vous faites... i...ci ?

— Vous ne vous en doutez pas un peu, professeur ?

Un réflexe jeta Mario Arena sur son carnet qu'il cacha sous ses bras repliés.

— Jamais !

— Du calme, professeur... Vous savez très bien que j'aurai le carnet en quittant cette maison, mais ou vous me le donnez, ou je vous le prends. Dans le premier cas seulement vous resterez en vie.

Arena ne parvenait pas à se remettre. Rêvait-il ? Etait-ce la réalité ? Enfin, des histoires pareilles n'arrivent que dans les romans ou au cinéma, pas dans la vie quotidienne de paisibles citoyens ! Incrédule, il s'enquit :

— Vous me tueriez, vraiment ?

— Votre bombe tuera peut-être un jour beaucoup de gens, professeur.

Le savant repensa à ce que lui avait prédit sa gouvernante et sous l'effet de l'émotion cria :

— Adda !

Ce n'était pas un appel, mais Grandsaigne ne pouvait le deviner. D'une balle admirablement placée, il mit fin à l'existence terrestre du professeur Mario Arena qui, paradoxalement, mourut un peu par la faute de celle qui pendant près de vingt ans l'avait soigné avec une abnégation totale.

⁂

Ce soir-là, ils n'avaient pas eu le cœur de jouer les airs qui, d'ordinaire, les enchantaient. Dès qu'Adda leur eut appris la réussite du professeur Arena, une véritable panique s'était emparée de ces hommes et de ces femmes d'un autre temps. Pour eux, le succès du savant annonçait, à plus ou moins brève échéance, la destruction de Modène. Une sorte de hantise collective expliquait que depuis plus de huit mois, ces gens d'éducation parfaite, de morale irréprochable, avaient, peu à peu, accepté l'idée de se transformer en meurtriers pour sauver leur ville qu'ils imaginaient menacée.

⁂

Annibale della Comana ne manquait jamais de raccompagner Adda Vetulonia jusque chez le professeur. Quand la douceur du temps le permettait, ils marchaient à petits pas (allure que l'âge tout autant que le plaisir d'être ensemble, imposaient), de la *via* Nazario Sauro où demeurait Annibale, où il recevait ses amis mélomanes, au *viale* dei Caduti in Guerra, en passant par la *via* Taglio, la *piazza* Roma et la *via* San Giovani del Cantone.

En arrivant devant la grille, Adda s'arrêta pour échanger de nouveau quelques mots avec Lampagnini. Elle en parut troublée. Elle dit à Annibale :

— Nous avons agi sagement en ne jouant pas ce soir. Ils sont venus, se sont battus... Il est possible qu'il y en ait encore dans la maison.

Très homme du monde, della Comana s'inclina :

— Ma très chère, je ne souffrirai pas que cette nuit vous couchiez ailleurs que dans votre lit. Vous n'avez rien à craindre, je suis là.

— Inutile de me le préciser, Annibale.

— Merci, Adda.

⁂

Honoré Grandsaigne feuilleta le carnet noir du professeur Arena, non pas qu'il comprît quoi que ce soit aux chiffres encombrant les pages, mais uniquement pour savourer la joie de la mission accomplie. On le féliciterait, il toucherait sans aucun doute une prime importante et pourrait prendre un mois de vacances dans un endroit chic où il dépenserait sans trop compter. Cependant, ces songes aimables ne l'empêchaient pas de demeurer sur le qui-vive. Aussi, du moment où la gouvernante introduisit sa clef dans la serrure de la porte d'entrée, Grandsaigne fut-il sur ses gardes. Il éteignit la lumière et ressortit son pistolet. Son pouls ne marquait aucune accélération.

En entrant dans la pièce où elle s'était querellée avec le professeur, Adda tourna le commutateur. Presque aussitôt, on ordonna :

— Ne bougez pas, *signora*... je serais navré de vous brutaliser.

La gouvernante ne tressaillit même pas.

— Tournez-vous !

Elle obéit et, regardant Honoré bien en face, lui demanda posément :

— Vous n'êtes pas un voleur, n'est-ce pas ?

— Enfin, pas dans le sens où l'on entend ordinairement ce mot.

— Dans ces conditions, vous avez tué ou blessé le professeur ?

— Vous êtes très intelligente, *signora*.

— S'il n'est que blessé et qu'il ait besoin de mes soins...

— Rassurez-vous, il n'a plus besoin de personne.

— Ah !... Il y avait vingt ans que j'étais à son service...

Honoré qui s'attendait à des cris ou à des menaces, se sentait un peu désorienté par la réaction de la vieille demoiselle.

— Vous vous apprêtez à me tuer aussi ?

— Non... à moins que vous ne m'y contraigniez... je déteste la violence.

— Si le professeur pouvait encore parler, il ne serait sûrement pas de cet avis...

Tout en parlant paisiblement de feu Mario Arena, Adda se dirigea vers le grand fauteuil. Elle obligea ainsi le Français à tourner le dos à la porte donnant sur l'escalier.

— Il n'était pas méchant homme, vous savez... et tellement heureux de sa découverte... C'est pour lui prendre son carnet noir que vous l'avez... ?

Fasciné par cette conversation insolite, Honoré oubliait qu'il avait ordonné à la gouvernante de ne pas bouger.

— Ce sont les exigences du métier... Le professeur Arena représentait un danger pour beaucoup.

— Je le lui disais encore tout à l'heure... Je l'ai même menacé de la colère de Dieu. Je ne pensais pas que le Seigneur se manifesterait si vite...

S'entendre assimilé à un serviteur de la Volonté Divine, acheva de troubler Honoré Grandsaigne au point de l'inciter à relâcher, malheureusement pour lui, son attention. Mais cette dame à cheveux blancs paraissait si douce, si résignée, que le tueur éprouvait quelque honte à la menacer de son arme. Il achevait de rengainer son pistolet, lorsque d'un ton infiniment courtois, quelqu'un dit derrière lui :

— Excusez-moi, *signore*...

Grandsaigne exécuta une volte-face rapide, mais le poignard d'Annibale della Comana fut plus rapide encore. La lame fichée en pleine poitrine, le Français n'eut plus la force de sortir son pistolet. Il ne souffrait pas. Simplement, sa vieille expérience, ne lui laissant aucune illusion, il savait qu'il allait mourir, tué par un petit vieux élégant souriant comme s'il s'agissait d'une bonne plaisanterie. Dans le brouillard qui montait, embuant son regard, Honoré put encore voir son meurtrier ôter son chapeau, le saluer bien bas, tout en déclarant :

— J'espère que vous ne me tiendrez pas rigueur, *signore,* de m'être mêlé de vos histoires...

L'agent secret crut que l'autre se moquait de lui. Il ouvrit la bouche pour essayer de happer l'air lui manquant, lorsqu'un flot de sang jaillit de ses lèvres. Il vacilla encore quelques fractions de seconde et, persuadé qu'il était la victime d'une farce détestable, Honoré mourut de fort méchante humeur.

Parce qu'Adda Vetulonia était une demoiselle très pieuse, elle tint à s'agenouiller près du corps d'Honoré Grandsaigne et, après lui avoir joint les mains sur la poitrine, récita une courte prière pour que le Bon Dieu, dans sa Grande Miséricorde, essayât d'oublier le métier exercé par le défunt. Puis, aidée d'Annibale, elle descendit le corps pour le cacher dans un fourré du parc. Le hasard voulut qu'elle choisît celui-là même où Grandsaigne avait traîné le cadavre d'Ozoukov. Adda marqua un recul en découvrant le Russe et, comme elle marchait en tête, tenant les pieds de feu Honoré, elle annonça d'une voix placide :

— Annibale... il y en a déjà un.

— Sûrement celui dont Lampagnini vous a parlé, ma chère. Eh bien ! ils se tiendront compagnie !

Ainsi, parce que la Justice immanente plane sur le monde, Grandsaigne et Ozoukov, le bourreau et sa victime, passèrent côte à côte leur dernière nuit à la surface de la terre. Annibale ayant soigneusement dépouillé les morts de tous leurs papiers, les compulsa de retour à la maison, avant d'annoncer :

— Un Français, un Russe, on ne pourra pas nous accuser de favoriser l'un ou l'autre camp, Adda.

Dans son butin, della Comana découvrit le carnet du professeur Arena. La gouvernante voulait que son compagnon le détruisît tout de suite, mais Annibale refusa.

— Ma chère, nos amis seront trop heureux d'apprendre que nous détenons ce carnet et qu'ainsi nous avons écarté cette effrayante menace pesant sur l'humanité. Laissez-moi la joie de le leur montrer. Il importe que nous le brûlions en grande pompe.

Le vieillard estima alors qu'il était temps pour lui, de disparaître avant que la police, alertée par les soins d'Adda, ne se présentât. Il prit congé de sa bien-aimée en lui offrant de venir vivre chez lui comme gouvernante en attendant qu'elle se décide à accepter le titre de marquise della Comana.

Restée seule, Adda se dirigea vers le laboratoire, rendit un hommage muet à son maître, mais prit soin de ne toucher à rien. Lorsqu'elle eut achevé son oraison funèbre, elle décrocha le téléphone et appela la police.

***

Selon une habitude prise depuis pas mal de temps, Gelsomina avait présidé à l'ouverture de sa charcuterie, servi déjà bien des clients, lorsque son mari, Ettore, daigna descendre de sa chambre, pomponné, rasé de frais, fleurant bon l'eau de Cologne et l'œil câlin. Les femmes du quartier adoraient Ettore et cette adoration trop visible, irritait chaque jour un peu plus l'humeur de la *signora* Bronzolo. Ettore entrant dans le magasin, adressa un éclatant sourire à l'assistance avant d'affirmer :

— *Signore*... je dépose l'hommage de mon admiration à vos pieds. Je souhaite que cette journée commençante soit propice à vos amours !

Il y eut un roucoulement unanime de satisfaction, tandis que Gelsomina, aigrement remarquait :

— Je te signale qu'il est près de onze heures ! La journée est depuis longtemps commencée, du moins pour ceux qui travaillent !

On se tut, afin de ne rien perdre de la réaction du *signor* Bronzolo. Pour aussi paradoxal que cela puisse sembler, ces Modènaises dures à la peine et pour la plupart levées dès l'aube prenante, donnaient raison à Ettore. Eternel prestige du mâle...

— Gelsomina, douceur de ma vie, tu me parais acariâtre ce matin ! Aurais-tu quelque ennui ?

— Tu me suffis comme ennui, Ettore ! Si ce n'était pas trop exiger, peut-être pourrais-tu t'imposer l'effort de servir nos clientes ?

— Tu sais bien, Gelsomina, que servir ces *signore,* est la seule vraie joie de mon existence.

Nul ne crut à ce mensonge, mais, on fut reconnaissant à Bronzolo de l'avoir prononcé. Cela réchauffait le cœur et, les bonnes manières, pour si communiste qu'on se prétende, c'est encore ce qu'il y a de mieux pour aider à supporter la vie.

Admiré par la clientèle, Ettore découpait un saucisson d'un coutelas élégant, en tranches d'une finesse rare, lorsque Béatrice Cavareno, femme d'un ouvrier de Ferrari demanda à la cantonade :

— Vous avez vu ces deux hommes qu'on a tués cette nuit ? Si ce n'est pas une honte, dans une ville comme la nôtre, qu'on ne soit pas mieux protégé !

Les faits divers, particulièrement les vols, enlèvements, crimes, constituaient l'aliment de choix des conversations. Les femmes pouvaient échanger leurs impressions, et celles qui étaient les épouses d'hommes furieusement passionnés par la politique, ne manquaient pas d'en profiter pour blâmer l'incapacité d'une police à l'esprit petit-bourgeois. Tout à son travail, qu'il savait être suivi avec respect, Ettore ne prit pas tellement garde, sur le moment, à ce que disait la *signora* Cavareno, mais il manqua se couper un doigt, lorsqu'il l'entendit préciser que les deux cadavres avaient été retrouvés dans le parc de l'hôtel Arena ! Il s'adressa à la *signora* Cavareno, très fière d'avoir suscité l'attention du charcutier.

— Et le professeur Arena, lui est-il arrivé quelque chose de... de fâcheux ?

Béatrice s'en voulut de n'avoir pas lu l'article

et de s'être contentée de jeter un simple coup d'œil sur les photographies ornant la première page. Obligée d'avouer publiquement son ignorance, elle en fut extrêmement mortifiée. Ettore ordonna à son commis Angelo de filer acheter son quotidien. Quand le garçon revint, Bronzolo abandonnant coutelas et saucisson, s'empara hâtivement du journal. Aussitôt, les femmes remarquèrent le changement de visage du charcutier. Même Gelsomina en fut frappée.

— Qu'est-ce qu'il y a, Ettore ?

— Le professeur Arena a été assassiné !...

Si les autres ne pouvaient deviner pour quelles raisons la mort brutale de ce savant dont elles ignoraient tout, émouvait à ce point Bronzolo, Gelsomina, parfaitement au courant des recherches du professeur, pensa que des heures difficiles se préparaient pour son mari et pour elle, à cause de ce damné Français qui les avaient enjôlés. Elle n'eut pas le courage de protester lorsque son époux annonça que, ne se sentant pas très bien, il regagnait sa chambre. Avant de sortir, pour ne pas laisser les clientes trop intriguées par son attitude, il lança :

— Le professeur Mario Arena était un des plus grands savants du monde... Il honorait notre pays... J'ai eu l'occasion de le rencontrer jadis au maquis... J'ai le sentiment d'avoir perdu un ami. Excusez-moi, *signore*...

Touchées par ce chagrin les prenant pour confidentes, les Modènaises, dans ce temple de la charcuterie et bien que communistes (sinon par conviction, du moins par alliance) se signèrent. Certaines se promirent d'aller brûler un cierge à la cathédrale, pour le repos de l'âme de cet Arena qu'Ettore Bronzolo pleurait.

Afin de ne pas éveiller des curiosités inutiles, voire des suspicions, Gelsomina se força à attendre l'heure de la fermeture de la mi-journée, pour rejoindre son mari. Elle le trouva dans leur chambre, étendu sur le lit, donnant l'impression d'un homme revenu de tout et qui n'attend plus que la mort pour quitter définitivement un monde ennuyeux. Gelsomina oublia ses griefs à l'égard d'un époux paresseux et frivole pour ne voir que le compagnon inquiet dont elle entendait partager l'inquiétude afin de le soulager si cela entrait dans ses possibilités. Elle s'assit près de Bronzolo et doucement, lui prenant la main, chuchota :

— C'est la mort du professeur qui te met dans cet état-là, Ettore ?

Il tourna vers elle un visage de condamné.

— Tu sais qui c'est le cadavre trouvé dans le parc ? Honoré ! Honoré Grandsaigne !

Ils connaissaient tous deux le Français travaillant avec eux, et à qui ils servaient de boîte aux lettres, parfois de refuge, dans l'espèce de bureau d'état-major que Bronzolo avait installé derrière le garage, là où les commis ne se risquaient jamais.

Gelsomina encaissa le coup, devinant que ce n'était pas tellement la disparition de leur collègue qui affolait Ettore, mais la perspective d'un sort identique. Elle demanda :

— Ce sont les Russes ?

— Non, et c'est ça qui est incompréhensible, car, près d'Honoré, on a trouvé le corps d'Ozoukov.

— Et le fameux carnet ?

— Je n'ai pas de précision, mais tu penses bien qu'il est envolé. Un pareil massacre, c'est pas pour rien !

— Si les Russes ne sont pas responsables, qui... ?

— Si je le savais !...

Il se leva pour aller prendre dans l'armoire la bouteille de grappa qu'il y gardait en cas de faiblesse à soulager immédiatement, s'en versa un bon verre et le but d'un trait. Sur un ton quasi désespéré qui remua profondément sa compagne, il gémit :

— Honoré... pourtant, il connaissait le métier... alors moi, tu penses !...

— Qu'est-ce que tu décides ?

— Prévenir Paris. Que faire d'autre ?

A ce moment, on frappa à la porte. Les deux époux se turent, figés dans une même angoisse. On frappa de nouveau et avec impatience cette fois, Ettore balbutia :

— Se... serait-ce... dédé... déjà... eux ?

Courageuse, Gelsomina se plaça entre la porte et son mari avant de demander :

— Qui est là ?

On répondit d'abord par un éclat de rire, puis, une voix joyeuse protesta :

— Agnése !

Leur nièce ! Ils poussèrent un soupir de soulagement ! La *signora* Bronzolo ouvrit, pour recevoir dans ses bras, une belle brune, fille de son défunt frère Marco-Antonio.

— Et alors, *zia* [1] ? Tu t'enfermes ? Tu as peur des voleurs ou si tu crains que ses admiratrices ne viennent t'enlever ton mari ?

Mais Agnése se rendit vite compte que sa gaieté ne suscitait point d'écho. Examinant son oncle, elle déclara :

— *Zio* Ettore... tu fais une tête... On dirait —

1. *Zia* : tante.

Dieu me pardonne ! — que tu vois ta propre mort !

C'en était trop pour lui, et le bel Ettore, perdant toute retenue, s'effondra sur le lit, pleurant toutes les larmes de son corps, persuadé que la voix de sa nièce se confondait avec celle du destin.

CHAPITRE II

Pour tenter de détourner l'attention de sa nièce du spectacle assez affligeant qu'offrait l'oncle Ettore, Gelsomina conseilla :

— N'attache pas d'importance à tout cela, ma petite. Tu connais l'oncle, il faut qu'il se fasse remarquer...

Un peu éberluée tout de même, la jeune fille eût souhaité des explications plus convaincantes.

— Il a pourtant l'air malheureux ?

— Un caprice, je t'assure, un simple caprice... Mais toi, d'où nous arrives-tu, ma toute belle ?

La *signora* Bronzolo adorait Agnése. Elle eût aimé l'avoir pour fille.

— De Turin... Ma maison a créé une succursale à Modène, comme vous savez. Demain, c'est l'ouverture officielle et on me prête pour huit jours parce que je connais bien le métier. J'ai accepté en me disant : si j'allais voir la tante et l'oncle, peut-être qu'ils voudront de moi ?

En réponse, Gelsomina prit sa nièce dans ses

bras, la couvrit de baisers, ne reprenant haleine que pour lui énumérer toutes les raisons qu'elle avait d'être heureuse de la garder près d'elle une semaine durant. Puis, se reculant un peu, elle secoua Ettore pour le convier à cesser ses manigances et admirer leur nièce.

La présence d'Agnése parut redonner courage à Ettore qui, pour effacer le souvenir du triste spectacle offert à la jeune fille, sut se montrer un oncle merveilleux durant tout l'après-midi. A la charcuterie, les clientes ravies, le trouvèrent encore plus à leur goût que de coutume et Gelsomina, trop contente de voir son mari échapper à ses inquiétudes, ne se formalisa pas trop de ses galanteries appuyées auprès des plus aguichantes de ses admiratrices. Le soir, les Bronzolo passèrent une excellente soirée en compagnie d'Agnése Califieri. Ettore possédait la faculté d'oublier très vite ce qui, sur le moment, lui paraissait un malheur sans limites lorsque ledit malheur ne se matérialisait pas immédiatement. En se couchant, on l'eût surpris en lui affirmant qu'il avait songé au suicide quelques heures plus tôt, pour échapper à l'horreur du sort promis.

***

Il y avait fort longtemps que les voisins d'Annibal della Comana ne s'irritaient plus des concerts nocturnes qu'on donnait dans l'appartement délabré de la *via* Nazario Sauro. D'abord, parce qu'Italiens, ils aimaient la musique même quand elle empiétait sur leur sommeil, ensuite, parce que les plus âgés retrouvaient dans ces airs anciens le souvenir de leur jeunesse, tandis que les plus jeunes y découvraient le reflet d'une époque qu'ils commençaient à regretter de n'avoir point connue, enfin parce que les habitants du quartier éprouvaient une respectueuse affection à l'égard d'Annibale et de ses vieux amis.

Le décor où vivait le marquis n'avait point bougé depuis la Belle Epoque. Ce n'était que tentures aux embrasses à glands dorés, plantes vertes exubérantes, tableaux où des femmes demeuraient figées dans des attitudes se voulant voluptueuses et qui ne suscitaient plus que le sourire. Des tablettes aux pieds contournés supportaient toutes sortes de coffrets et de vases aux élégances tarabiscotées. Les fauteuils, le divan aux soieries usées étaient surchargés de coussins. Une odeur indéfinissable régnait dans ces lieux consacrés au souvenir.

Annibale della Comana, recevait ses hôtes dans une veste de satin rouge, bien élimé, mais qui lui avait été offerte par une amoureuse, un demi-siècle plus tôt. Pour lui, c'était un peu comme un brevet, un témoignage de bonne conduite au jeu de l'amour. Il en montrait une indéniable fierté.

Le marquis habitait au fond d'une cour (ce qui s'affirmait une chance car ses invités n'eussent jamais pu, pour la plupart, monter des escaliers), dans une sorte de salon d'hiver, ultime témoignage d'une fortune jadis imposante et enviée. A l'heure fixée, les voisins immédiats soulevaient les rideaux de leurs fenêtres pour regarder défiler les fantômes se rendant chez della Comana. Quelquefois, des chefs de famille ou des grands-parents reconnaissaient parmi ces visages émaciés, fripés, au travers de ces silhouettes souvent cassées, des belles d'autrefois, des don Juan dont les exploits défrayèrent la chronique mondaine d'un temps que deux guerres rendaient préhistorique.

Nul ne songeait vraiment à rire en regardant passer ces morts-vivants qui arrivaient presque tous ensemble — une dizaine — chez della Comana. Pour les accueillir, leur hôte appliquait les règles d'une étiquette surannée. On usait de formules qu'ils étaient les seuls à se rappeler, on se saluait selon un rite oublié. Ils buvaient du tilleul ou de la camomille dans des tasses de porcelaine aux délicatesses transparentes, s'enquéraient mutuellement de leur santé, n'écoutaient pas ce que leurs interlocuteurs leur confiaient et s'étendaient sur leurs propres maux auxquels on ne prêtait pas davantage attention, ceci jusqu'au moment où le marquis della Comana annonçait :

— Je crois, mes amis, que le moment est venu.

Alors, troupeau docile et tout frémissant d'un plaisir anticipé, chacun prenait une place choisie depuis sa première visite et sortait d'une housse vétuste, une mandoline dont certaines, de grande valeur parce que transmises en héritage. A travers la musique bien ou médiocrement jouée, les participants devenaient la proie de songes envoûtants. Les accords les plus ténus suggéraient un monde disparu. Sur les lèvres des musiciens jouaient des sourires émus et plus d'une vieille prunelle s'humectait.

Naturellement, ces amateurs aux articulations nouées ne jouaient que ce qu'ils connaissaient par cœur. Méprisant le plus souvent la chansonnette, ils se réservaient pour quelques morceaux classiques qu'à force de répétitions ils avaient fini par jouer correctement. Della Comana plaqua l'accord final de la sérénade de l'*Amant Jaloux*, de Gétry, sur sa mandoline napolitaine signée Venaccia, accord marquant la fin du concert et attendit que chacun eût replacé sa mandoline dans la housse pour dire :

— Je vous remercie tous de m'avoir permis de vivre encore une heure dans ce bel autrefois dont ne demeureront bientôt plus témoins que les monuments de Modène contre lesquels le flot de l'histoire ne cesse de battre sans les détruire jamais, ces monuments que les nouveaux barbares menacent d'une destruction sans espoir par leurs folies !

Un frémissement courut dans l'assemblée, glaçant les vieilles échines.

— Mes amis, nous avons pris l'engagement, je vous le rappelle, de préserver notre ville, dans la mesure de nos moyens, en abattant tous ceux qui travaillent en vue de l'anéantissement du monde soit par politique, soit par vanité de savant, et qui trouvent un asile définitif ou temporaire chez nous. Je compte sur vous !

En dépit d'arthrites douloureuses, ils se levèrent, pour jurer qu'ils étaient prêts à mourir pour Modène menacée.

***

Deux jours plus tard, plein d'une juvénile ardeur, Bronzolo qui avait oublié ses récentes angoisses, descendit au magasin presque en même temps que son épouse. Cette dernière savait que ce changement de mœurs tenait à la présence d'Agnése déjà partie au travail. Ettore était ainsi fait que la jeunesse des autres le revigorait au point de l'incliner à croire au retour imprévu de la sienne. Chantonnant, sifflotant, échangeant plaisanteries et gaillardises avec la clientèle, Ettore entamait une de ces journées qui vous mettent du soleil au cœur sans qu'on sache trop pourquoi.

Avec une maestria n'excluant pas l'élégance du geste, Bronzolo préparait un rôti de porc, au sein d'une cohorte d'admiratrices lorsque Augusta Belodi, une maigrichonne suant la méchanceté par tous les pores de sa vilaine peau, s'avançant jusque sur le seuil, remarqua à haute voix :

— Eh bien ! Dites donc, il semblerait qu'il doit y avoir des clients pour San Cataldo, aujourd'hui ! En voilà deux qui s'amènent. Faut croire qu'il y a de la presse !

Les Bronzolo détestaient la Belodi se persuadant qu'elle ne venait chez eux que pour les espionner et prêter une oreille attentive aux propos des clientes à seule fin de les rapporter à son mari, Dino, âme de la cellule communiste du quartier. Deux enterrements d'un coup, cela valait le déplacement. Ettore écartant les femmes se pressant autour de lui comme des abeilles autour d'un calice plein de nectar, rejoignit la Belodi et, tout de suite, il reçut un choc en constatant que le premier corbillard était accompagné d'un prêtre alors qu'un pope psalmodiait des prières devant le second. Les jambes flageolantes, Bronzolo sut que Grandsaigne et Ozoukov morts, passaient sous ses yeux pour lui rappeler les incertitudes de l'heure. Le charcutier dut s'appuyer au chambranle de la porte tandis qu'Augusta s'exclamait :

— Un Russe et un Français ! Voyez les drapeaux ? Le cimetière est bien le seul endroit où ils peuvent se rendre de compagnie !

Les larmes aux yeux, la lèvre tremblante, Ettore gémit :

— Les malheureux...

La Belodi se tourna vivement vers lui et darda

sa tête de serpent vers la bonne figure de Bronzolo.

— Vous les connaissiez ?

— Moi ?... Non... Pourquoi les connaîtrais-je ?

— Je ne sais pas.

Mais tout dans la personne d'Augusta affirmait le contraire de ce qu'elle disait et le mari de Gelsomina sentait se refermer sur lui la nasse dont il ne sortirait plus.

— Sans doute, les deux pauvres types qu'on a trouvés dans le parc du professeur Arena.

— Votre ami.

— Pardon ?

— Vous nous avez bien appris, hier, que ce professeur fasciste était votre ami ?

— C'est possible... Je ne vois cependant pas pourquoi vous traitez le professeur de fasciste ?

Hargneuse, elle répliqua :

— Parce que tous ceux qui ne travaillent pas pour le peuple sont des fascistes ! Et les amis des fascistes sont des fascistes !

— C'est pour moi que vous dites ça, Augusta Belodi ?

— Prenez-le pour vous si ça vous chante !

— Et si je vous flanquais à la porte ?

— Je pense pas que mon mari et ses camarades me laisseraient jeter dehors d'un magasin ouvert à tous, par l'ami d'un fasciste assassiné !

Sous l'effet de l'indignation, de l'étonnement, le groupe de clientes était parcouru d'ondulations qui les portaient en avant ou les rejetaient en arrière selon que ces dames s'abandonnaient à la curiosité ou se rappelaient les règles impérieuses de la discrétion. Gelsomina s'apprêtait à venir au secours de son époux lorsque la terrible Belodi gagna par mise hors de combat définitive son match contre Ettore, en concluant :

— Et les amis, les complices de ceux que le peuple élimine peuvent s'attendre à être éliminés à leur tour !

Bronzolo crut à un avertissement donné par les Rouges à travers la personne de cette garce d'Augusta. Il eut un hoquet de désespoir et livide, une mauvaise sueur aux tempes, se dirigeait vers la porte donnant sur son appartement lorsqu'un petit télégraphiste sauta en voltige d'un vélo qu'il appuya contre la devanture de la charcuterie. Il apportait une dépêche pour le *signor* Bronzolo, mais ce dernier n'étant plus en état de lire quoi que ce soit, le télégramme fut remis à Gelsomina qui le décacheta et presque aussitôt poussa une sorte de rugissement dont l'écho dut aller se répercuter jusque sur la *piazza* Grande ! Une fois encore, dans cette matinée si riche en incidents variés, les clientes suspendirent leurs achats pour se régaler du nouveau conflit qu'une longue expérience conjugale leur annonçait.

Après ce cri qui semblait avoir figé tout le monde sur place et obligeait Bronzolo à se demander si Gelsomina n'était pas devenue subitement folle, la charcutière promena un regard horrifié sur ceux l'entourant et rugit à l'adresse de son mari :

— Monstre ! Traître ! Au grand jour, ton infamie ! Tu entends ? Je l'étalerai au grand jour !

Complètement perdu, Ettore balbutia :

— *Ma... ma qué !* Gelsomina, qu'est-ce qu'il te prend, hé ?

— Il ose ! Il ose, le bâtard, me demander ce qu'il me prend ?

L'Augusta Belodi passa sur ses lèvres minces une langue gourmande.

— Quant à ta cousine, Ettore, je te préviens !

Je ne suis pas méchante mais par les Saints Apôtres, si je la vois, si je l'aperçois, si je la devine, je lui saute dessus et je lui mets la figure dans un tel état que tu pourras en faire de la mortadelle, dégoûtant que tu es !

Bronzolo dut se cramponner au comptoir pour ne pas s'effondrer, là, devant tous. Insulté dans sa propre maison et par sa propre épouse, pour une raison inconnue, il y avait vraiment de quoi perdre la tête. Sûrement, la pauvre Gelsomina était malade et déjà, Ettore s'apitoyait sur le sort de sa femme sans être certain qu'il ne s'émouvait pas d'abord sur le sien. Toutefois, il voulut tenter de ramener l'esprit égaré de Gelsomina dans le droit chemin de la logique.

— *Ma qué !* Ma toute belle, où veux-tu que je la prenne cette cousine ? Je n'ai amais eu de cousine, et tu ne l'ignores pas, hé ?

La *signora* Bronzolo se dressa de toute sa taille, statue de l'honnêteté conjugale bafouée, symbole de l'innocence raillée, de la confiance dupée. Elle prit à témoin tous ceux qui se trouvaient dans le magasin.

— Vous l'avez entendu, hé ? Il n'a pas de cousine ! Il n'a jamais eu de cousine ! Malgré cela, voilà le télégramme qu'une dépravée ne craint pas de lui adresser !

Elle lut le texte d'une voix rauque que son mari ne lui connaissait pas.

Paris, le 6, midi. J'arriverai au train de 18 h 15... Impatiente te revoir. T'embrasse comme t'aime. Ta cousine. Choupette.

Gelsomina releva la tête et dans un grondement issu de plus de vingt années de déception, elle expectora littéralement ce nom, « Choupette », avec un dégoût si profond, si sensible, que toutes les épouses présentes se sentirent solidaires de la charcutière humiliée. De plus, elles n'entendaient pas que Bronzolo portât ailleurs des grâces et des sourires extra-conjugaux à elles seules réservés. Quelques-unes regardaient le charcutier avec peine, souffrant visiblement de ce qu'elles tenaient pour une trahison à leur endroit. Seule, la Belodi ricanait, stigmatisant à mi-voix les mœurs capitalistes dont le comportement libidineux d'Ettore était une preuve convaincante. Pour aggraver l'affaire, il s'agissait d'une Française et Gelsomina ressentait le fait comme une trahison supplémentaire car elle aimait la France. Dans le même moment, la malheureuse perdait toutes ses illusions.

D'abord complètement abruti par le texte d'un télégramme auquel il ne comprenait goutte, Bronzolo voulut protester mais, à quoi bon ? Lui seul savait qu'il ne connaissait pas de Choupette et qu'il demeurait fidèle à sa femme en dépit des apparences. Hélas ! la vertu est moins évidente que le vice et se démontre plus difficilement.

— *Ma qué !* Luxurieux ! Défends-toi, au moins ?

Ettore trouva spontanément l'attitude qu'il convenait d'adopter. Très digne, voire noble, il promena sur l'assemblée des yeux lourds d'amertume et de mépris avant de se tourner vers sa femme.

— Ainsi, Gelsomina, au bout de tant d'années de loyauté, il suffit du geste d'un mauvais plaisant pour qu'aussitôt tu n'aies plus foi en moi ? Je te remercie, Gelsomina.

Ce fut au tour de la charcutière de flotter. Et s'il s'agissait vraiment d'un mauvais tour joué à

Ettore pour amener la zizanie dans son ménage ? Mais le ricanement fielleux de la Belodi la rendit aux précisions de la réalité.

— *Ma qué !* Une plaisanterie ! Il est daté de Paris, ton billet doux ! Paris, tu me comprends, Ettore ? Paris, tu ne dis plus rien, hé ?

Non, il ne disait plus rien le pauvre Bronzolo car brusquement il venait de comprendre que la dépêche reçue émanait non pas d'une amoureuse un peu folle, mais des Services Secrets français et qu'elle annonçait l'arrivée d'un agent en réponse au message expédié par Bronzolo la veille au soir (une fois Agnése couchée), à Paris pour annoncer la mort de Grandsaigne. Et cette idiote de Gelsomina qui mettait tout le monde au courant, y compris la Belodi ! L'émotion affaiblissait Ettore et cette émotion était mise, par les autres, sur le compte d'une défense effondrée sous la remarque de la charcutière et peut-être aussi la pointe d'un remords naissant.

— Gelsomina, tais-toi !

— Me taire, moi ? *Ma qué !* Ettore, c'est tout ce que tu trouves pour te repentir ?

Bronzolo sentait le regard vrillant de la Belodi fixé sur lui et le pénétrer. Ah ! cette Gelsomina qui ne voulait pas s'arrêter ! Une sorte de rage s'empara de lui. Brutal, il leva un poing vengeur sur sa femme :

— Tu la fermes ou si je te la fais fermer, ta gueule, hé ?

La menace tout autant que la grossièreté causa une impression profonde. Horrifiée, la *signora* Bronzolo se tut. Un pareil affront la rendrait la risée du pays. En un éclair, elle songea à des échappatoires possibles : le suicide, le couvent, la fuite, le retour au Piémont. Cependant, très vite, son orgueil reprit le dessus et elle retourna au combat.

— Grossier ! Malappris ! Tu oserais parler comme ça à ta Choupette ?

— Il n'y a pas de Choupette !

— Et ça ?

Gelsomina brandissait le télégramme comme une sorte de fanion auquel devaient se rallier toutes les vertus ménagères que les Choupettes risquaient de mettre en péril.

— Ça ne signifie pas ce que tu crois !

— *Ma qué !* Je sais lire, hé ?

Alors, la Belodi insinua, l'œil brillant :

— Et ça signifie quoi, camarade ?

Bronzolo se serait battu ! Il avait trahi son secret et si les autres s'avéraient dans l'incapacité de deviner, il n'en était pas de même de cette garce !

— Ce ne sont pas vos affaires !

— Savoir...

Sans ajouter un mot, elle se glissa dehors et le charcutier faillit s'évanouir tant il était certain que la remarque de l'abominable Augusta se révélait un arrêt de mort. Vaincu, il abandonna, se contenta de remarquer sur un ton neutre :

— Tu n'auras pas trop de toutes les années qui te restent à vivre, Gelsomina, pour regretter cette scène scandaleuse.

On ne saisit pas exactement le sens de la phrase, la majorité cependant, y discerna une menace précise pour la tranquillité du foyer des Bronzolo. Ettore parti, la charcutière au fond obscurément inquiète, essaya de regrouper les femmes, mais certaines, ayant brusquement changé de camp, se permirent de remarquer que la *signora* Bronzolo aurait sans doute dû attendre de se trouver en tête à tête avec son époux pour lui adresser des reproches, justifiés sans doute, mais que la publicité rendait difficilement supportables pour un homme ayant de l'amour-propre. Il y en eut même pour estimer d'une voix hésitante, il est vrai, et sans trop de conviction, que le caractère de Gelsomina expliquait peut-être l'existence de cette effrontée de Française. Cramponnée à sa caisse, la charcutière sentit le vent brutal de la défaite emporter ses illusions tant sur la fidélité d'Ettore que sur le triomphe obligé des bons sentiments.

Normalement, à une heure, à peine la poignée de la porte enlevée, la *signora* Bronzolo aurait dû se précipiter dans la chambre où son mari s'était réfugié et là, lui crier tout ce qu'elle n'avait pas eu le temps de lui exprimer dans la boutique, exiger de connaître l'identité de cette maudite Choupette, forcer Ettore à l'aveu complet de ses fautes passées et, avant de pardonner, faire longtemps attendre un pardon sans sincérité. Au lieu de cela, c'est presque dans une attitude de coupable que Gelsomina se glissa dans la chambre conjugale. Assis à une table, Bronzolo écrivait en s'appliquant. Le fait s'avérait si nouveau que Gelsomina ne put s'empêcher de demander :

— A qui tu écris ?

Il releva alors la tête, posa sur elle un regard lourd de larmes qui la fit frissonner et annonça d'une voix quasi sépulcrale :

— A maître Bongiorni.

— Au notaire ? Pourquoi ?

— *Ma qué !* Afin qu'il soit mis au courant de mes dernières volontés !

Bien qu'en permanence stagnât dans le cœur de la *signora* Bronzolo un solide fonds d'incrédulité quant aux promesses de son époux, la mort s'affirmait une chose trop grave, trop sérieuse pour qu'on puisse en parler avec légèreté.

— Tu... veux dire que... que tu songes à te... à mettre fin à tes jours ?

Il eut un ricanement douloureux dont les tristes échos résonnèrent longuement dans la tête et la poitrine de la charcutière.

— D'autres s'en chargeront pour moi. Ainsi, tu pourras toucher l'assurance, hé ?

Gelsomina se sentait partagée entre des sentiments divers. L'allusion à la mort ne l'affolait pas outre mesure car elle y devinait le prologue d'un chantage du genre : je veux bien continuer à vivre pour t'être agréable mais à condition que tu ne me parles plus de Choupette. D'autre part, elle ne pouvait négliger l'accent de sincérité de son époux qui paraissait véritablement effondré. Enfin, le rappel de l'assurance-vie contractée par Ettore, se révélait d'une bassesse d'intention assez écœurante. Cette dernière constatation l'emporta sur les autres et Gelsomina, refusant de tomber dans le piège de l'apitoiement, s'enquit sèchement :

— Et maintenant, Ettore, vas-tu te décider à me dire qui est cette horrible Choupette, hé ?

Il haussa les épaules, pareil au juste accablé par l'incompréhension du monde avant de répliquer :

— Un agent des Services Secrets français.

Gelsomina avait pensé à tout, sauf à cette éventualité. Elle commença d'avoir peur sans trop savoir pourquoi. Elle tenta cependant d'une impossible défense :

— *Ma qué !* Ettore... Ils... ils n'emploient pas des... des femmes, hé !

— On dirait que tu ne connais pas les Français ! Ces gens-là pensent tellement aux filles que dès qu'il leur faut envoyer un message codé, ils adressent une déclaration d'amour ! Si ça se trouve, cette Choupette, elle pèse quatre-vingt-dix kilos, fume la pipe et porte la barbe !

La *signora* Bronzolo ne savait plus quelle attitude adopter. Elle ressentait une grande honte, si grande qu'elle lui tarissait l'imagination, l'empêchant de trouver les mots nécessaires pour tenter d'excuser sa sotte jalousie. Baissant la tête, elle murmura :

— Ettore... je t'ai fait de la peine, hé ?

— De la peine ? *Ma qué !* Gelsomina crois-en un homme qui ne t'a jamais menti : tu m'as aussi sûrement assassiné que si tu m'avais plongé un poignard dans le cœur !

— Non !

— Si ! Parmi celles qui nous écoutaient, celles à qui tu as lu le télégramme la dernière des idiotes aura compris... et à plus forte raison celles qui ne sont pas des imbéciles ! Tiens, la Belodi, par exemple, tu peux être certaine qu'elle a déjà dû avertir son mari au sujet de cette cousine imaginaire... Allez ! je n'en ai plus pour longtemps à t'importuner...

Ça, c'était plus qu'elle n'en pouvait supporter. Elle eut comme un hoquet et elle s'effondra, privée de sentiment, sur le parquet. La croyant morte pour de bon, Bronzolo entreprit d'ameuter le quartier par ses cris.

Le charcutier s'illusionnait beaucoup sur le compte des Belodi. L'Augusta était simplement une femme envieuse qui ne pardonnait pas leur prospérité aux Bronzolo et son mari s'affirmait un bon militant de base toujours prêt à obéir plutôt qu'à prendre la moindre initiative. Il ignorait complètement où pouvait se trouver le quartier général des agents russes à Modène. L'eût-il su qu'il ne se serait point permis une initiative du genre dont le charcutier le soupçonnait. Par contre, et cela Bronzolo ne le savait pas, les Soviétiques connaissaient parfaitement son appartenance au S.R. français. Un homme à eux, habitant dans le quartier, ne cessait de surveiller Ettore, lequel naturellement, ne s'en doutait point.

Pas plus que le charcutier, les Russes n'avaient encaissé la mort d'Ozoukov et la disparition du carnet noir du professeur Arena. Le cadavre de Grandsaigne trouvé près de leur homme, les désorientait eux aussi, mais, victimes de leur propre propagande enseignant que les impérialistes se trouvaient à la source de tous les coups tordus, ils en avaient référé à Moscou et c'est pourquoi, deux heures avant que « Choupette » ne débarquât à Modène, Anton Vassilievitch Prozenski y effectuait une entrée discrète. Hélant un taxi, il commanda au chauffeur de le conduire à la *via* Stella. Arrivé dans cette petite rue, il gagna la boutique d'Angelo Corno, un homme d'une cinquantaine d'années, rabougri et crasseux, dissimulant son vilain métier de prêteur sur gages, autrement dit d'usurier, sous les apparences d'un marchand de bric-à-brac. Dans la cour située derrière sa réserve il y avait deux pièces : l'une servait de chambre noire pour un photographe au service des Soviets, l'autre constituait le Quartier Général des agents secrets de Moscou à Modène.

De l'avis général, Prozenski pouvait passer pour un bel homme. Un mètre quatre-vingt-cinq de haut, deux cent vingt livres sur la bascule, une barbe bleutée extrêmement soignée, donnait à ce Slave un air de prince oriental. A Moscou, on ne le prisait guère. N'eussent été ses qualités professionnelles hors de pair, il y a longtemps qu'on se serait débarrassé de ce Moscovite qui s'exprimait de la manière dont on usait à la cour des tzars, par suite d'une origine vilainement entachée de noblesse et d'une éducation dont les premiers stades furent confiés à des femmes élevées dans de bonnes maisons de Saint-Pétersbourg. Oui, vraiment, il fallait que Prozenski témoignât de qualités professionnelles extaordinaires pour être supporté par les bons et solides fils du peuple qu'il avait pour supérieurs hiérarchiques.

L'Italie étant, par excellence, le pays des « combinazione », il n'y avait rien d'étonnant à ce que les réseaux d'espionnage se chevauchassent les uns les autres à Modène et que les agents doubles, triples, voire quadruples y fissent florès. Ettore Bronzolo ne se doutait obsolument pas que Romeo Bellagamba, ce paresseux, ce désœuvré toujours prêt à donner un coup de main pour n'importe quoi à n'importe qui, à la seule condition de recevoir quelques lires, était chargé par les Soviétiques de le surveiller et savait tout de la scène de jalousie ayant eu la charcuterie pour cadre. En revanche, Bellagamba ne se méfiait en aucune façon du musicien des rues, Ercole Lampagnini, en qui il reconnaissait un homme de sa trempe, nourissant la même philosophie que lui. On l'eût bien surpris en lui révélant qu'Ercole appartenant au cercle des mandolinistes nostalgiques du *signor* della Comana, avait reçu l'ordre d'épier les faits et gestes de Bellagamba dont il importait de se débarrasser au plus tôt.

Avant de quitter sa maison pour se rendre à la gare, Bronzolo, vêtu comme le dimanche, embrassa sa femme en larmes avec cet élan, cette fureur concentrée du guerrier qui, retournant au combat, souhaiterait éterniser le moment présent. A son épouse remarquant qu'il partait vraiment très en avance, le charcutier chuchota que c'était pour tromper des adversaires éventuels. L'énoncé d'une telle hypothèse redoubla le tendre désespoir de Gelsomina... Andromaque embrassant Hector pour la dernière fois ! Rassasié d'amertume, persuadé d'aller à la rencontre de sa mort (conviction, cependant, plus superficielle que profonde), se jugeant le plus malheureux des hommes, Ettore quitta la charcuterie pour gagner la gare. Trop préoccupé de son avenir immédiat, Bronzolo ne prit point garde à Bellagamba lui emboîtant le pas. Un Bellagamba si attentif à sa tâche qu'il ne songea pas un instant qu'il pouvait, lui aussi, être filé. De cette insouciance, Ercole Lampagnini profita pour ne pas se compliquer le travail. Les trois hommes, l'un derrière l'autre, arrivèrent à la *piazza* Dante. Là, Ettore ne sachant trop comment il reconnaîtrait le Français envoyé par Paris, redoutant, d'autre part, quelque piège, se glissa sous le porche d'une belle maison bourgeoise d'où il pouvait voir la sortie des voyageurs sans être aperçu par eux. Il se réservait la possibilité de se montrer si tout lui semblait naturel. Pourtant, ses dents s'entrechoquèrent lorsque Bellagamba, surgissant soudain à ses côtés, s'enquit :

— Tu joues à cache-cache, ou quoi, Bronzolo, hé ?

— Moi ?... En voilà une idée !

Le charcutier eut un soupir dont l'ampleur impressionna ce crève-la-faim de Bellagamba.

— *Ma qué !* Ettore, tu n'as pas l'air dans ton assiette ?

— J'y suis sans y être, si tu veux savoir,

Romeo... Des soucis, toujours des soucis et cette Gelsomina qui comprend rien...

— ... A quoi ?

— Hein ?

— A quoi elle ne comprend rien, ta femme ?

— A tout !

— Je te gêne pas de rester avec toi ?

— *Ma qué !* Pourquoi tu me gênerais, hé ?

L'autre, faussement, chuchota en baissant le nez :

— Peut-être que tu attends quelqu'un... Tu es encore bel homme, Ettore.

Agréablement chatouillé dans son amour-propre, le charcutier se redressa et d'un ton condescendant :

— On se défend, sans plus, Bellagamba... Mais les demoiselles, pour moi, c'est bien fini... J'y ai plus le cœur.

— On dit ça...

— Je te jure !

— Alors si c'est pas une fille que tu attends, qu'est-ce que tu fiches là ?

Bronzolo se sentit pris au piège. Il essaya de prendre une allure désinvolte pour déclarer :

— Un ami français... il a télégraphié ce matin... Juste une petite visite...

Il y eut un court silence avant que Bellagamba ne prononçât distinctement ces mots qui figèrent Bronzolo sur place :

— Un ami français qui travaille peut-être bien dans les services Secrets de son pays ?

Ettore eut un mal fou à décoller sa langue de son palais où la peur, en la contractant, la maintenait.

— Qu'est-ce que... que tu... tu racontes, Bellagamba ? Pourquoi un nana... un agent des Services Secrets fran... français viendrait me... voir ?

— *Ma qué !* Ettore, parce que tu travailles pour eux, hé !

Bronzolo dut s'appuyer au mur pour ne pas tomber. Dans l'espèce de paralysie lui bloquant l'entendement, il eut, cependant, l'impression que quelqu'un surgissait derrière eux, quelqu'un qui demeurait dans l'ombre. Lentement, Bellagamba sortit un couteau de sa poche.

— Je regrette, Ettore, mais tu n'aurais pas dû te mêler à ces histoires... surtout quand on a la chance d'avoir une femme comme Gelsomina et un magasin comme le tien... Qu'est-ce qu'il t'a pris, mon pauvre vieux ?

Bronzolo avala péniblement sa salive.

— Tu... tu plaisantes, Romeo, hé ?

— Eh non ! Faut que je t'élimine, Ettore... Ne me complique pas la tâche...

Le charcutier eut un hoquet de terreur en voyant celui qu'il prenait pour son ami, reculer le bras pour mieux frapper. Il ferma les yeux, raide d'épouvante, attendant le choc et la terrible douleur qui suivrait. Il pensa aux cris que pousserait Gelsomina lorsqu'on lui ramènerait le corps de son époux... et qui ferait les *zampone* [1] maintenant ? Soudain, Ettore sentit le poids de Bellagamba s'appuyant sur lui. Romeo n'aurait-il voulu que l'affoler ? Il ouvrit un œil circonspect. Le visage de Bellagamba n'était qu'à quelques centimètres du sien. Bronzolo reprit espoir. D'une voix encore fêlée par l'émotion, il murmura :

— C'était une blague, hé, Romeo ?

L'autre ne répondant pas, Ettore voulut lui passer fraternellement le bras autour des épaules mais dans ce geste sa main rencontra quelque

1. *Zampone* : pied de porc farci.

chose de dur. La sueur aux tempes, Bronzolo mit quelques secondes à réaliser que ce quelque chose de dur était le manche d'un poignard fiché dans le dos de Bellagamba mort. Le mari de Gelsomina faillit hurler. Sans penser qu'il l'avait sauvé d'un trépas assuré, il se mit à injurier à voix basse le meurtrier de son ennemi puis, il adossa le mort contre le mur, il s'enfuit aussi vite qu'il le pouvait sans attirer l'attention.

Sitôt que Bronzolo eut disparu, la peur au ventre, Lampagnini sortit de l'ombre, arracha son poignard du dos de Bellagamba, l'essuya longuement à la veste du défunt et l'enfournant dans sa poche, s'en fut à son tour du pas traînant d'un homme qui n'a plus rien à espérer de la vie.

Gelsomina faillit se tailler un doigt avec le coutelas qui lui servait à couper des tranches de mortadelle lorsque la porte de la charcuterie s'ouvrit devant un Ettore paraissant en catalepsie. Le charcutier traversa le magasin, le regard fixe, sans voir personne, sans répondre à aucune salutation et s'engouffra dans le couloir donnant dans l'appartement privé. Se faisant remplacer par le commis, la signora Bronzolo se précipita sur les traces de son époux. Elle le trouva au salon, le goulot d'une bouteille de grappa entre les lèvres et buvant à longs traits. Elle gémit en se tordant les mains :

— Ettore ! Tu es fou ! Tu vas te tuer !

Il s'arrêta de boire pour expliquer :

— Me tuer ? *Ma qué !* Malheureuse ! Tu ne vois pas que c'est déjà fait ?

Non, elle ne le voyait pas et arrachant la bouteille d'alcool des mains de son mari, elle exigea des explications. Il les lui fournit. Elle eut du mal à le croire quand elle sut que Bellagamba à qui, si souvent, elle donnait des restes de charcuterie, avait voulu trucider son époux, elle maudit sa mémoire et souhaita, lorsqu'elle eut triomphé de son incrédulité, qu'il rôtisse incontinent en enfer pendant l'éternité et même un peu plus, si la chose se révélait possible.

— Qui c'est celui qui t'a sauvé ?

Ettore dut avouer son ignorance et fort justement Gelsomina conclut :

— Alors, ils sont plusieurs à être au courant...

Bronzolo écarta les bras dans un geste d'impuissance désespérée.

— Tu vois bien, pauvre, que je ne peux plus échapper à ma mort ! Elle me court après !

— Je veux mourir avec toi !

— Je ne te permettrai pas !

— Je me passerai de ta permission !

Ils se défiaient, acharnés à se fournir mutuellement une preuve d'amour. Ils ne croyaient peut-être pas tellement au sacrifice proposé, mais c'était si bon de le prétendre, de jouer les héros, de se griser de désespoir et de grandeur ! Bientôt, à bout d'arguments, ils tombèrent dans les bras l'un de l'autre, pauvres gens apeurés par la perspective d'une mort qu'ils feignaient de provoquer. Etroitebent enlacés, ils avaient le sentiment d'être plus forts en même temps qu'ils se détachaient d'un monde où l'on ne peut plus jouer sans que l'on prenne vos fantaisies au sérieux. Lorsqu'on frappa à la porte de la pièce où ils s'imaginaient oubliés

— Les voilà !

Dans un sanglot, Gelsomina s'indigna :

— Déjà !

Raffermissant sa voix qui flûtait en dépit de ses efforts, le charcutier s'enquit :

— Qui est là ?

Ce n'était que le commis demandant ce qu'il

devait faire des *zampone* dont la cuisson était terminée. Hors de lui, Ettore hurla :

— Mets-les-toi au..., espèce d'imbécile !

***

Robert Argental qu'on appelait simplement Bob dans le Service, devait à un physique avantageux, des succès qui eussent été refusés à d'autres dont l'intelligence et le métier égalaient les siens. Dès qu'on le voyait, on avait le sentiment de se trouver en présence d'un bel animal, sain, fort. Son sourire triomphait des ultimes réserves, ce qui facilitait beaucoup sa tâche. Habitué à certains égards, loin de se douter que son arrivée avait été précédée d'un prologue sanglant, il s'irrita fort de n'être pas attendu et de devoir se débattre au milieu de gens qui tous voulaient l'emmener dans un hôtel différent dont chacun assurait qu'il était le lieu lui convenant le mieux. Bob se sentait tellement énervé de n'avoir personne pour l'accueillir qu'il ne prit garde ni au photographe ambulant fixant sur la pellicule les voyageurs descendant du train de Milan, ni au musicien plaquant des accords sur sa mandoline pour tenter d'attirer l'attention et de susciter des générosités. Argental héla un taxi et, une fois installé, donna l'adresse d'Ettore Bronzolo, bien décidé à exprimer au charcutier modènais ce qu'il pensait de sa désinvolture.

***

Michele Mangiatorti, commissaire du quartier où habitaient les Bronzolo, détestait Ettore, d'abord parce que le charcutier connaissait une réussite matérielle interdite à lui, fonctionnaire d'un Etat pas tellement riche, pauvre policier marié à une espèce de mégère alors qu'Ettore avait la chance de vivre avec sa Gelsomina. Pour toutes ces raisons, lorsque le commissaire Mangiatorti reçut du commissariat central l'ordre d'interroger le nommé Ettore Bronzolo sur la nature de ses relations avec Romeo Bellagamba dont on venait de découvrir le cadavre, il connut une minute de véritable joie et, sans désemparer, expédia Benito Masone chez les Bronzolo avec mission de ramener le charcutier mort ou vif. A regret, Michele convint qu'il valait tout de même mieux ce que fût vif.

Benito Masone s'avérait timide, ce qui lui nuisait grandement dans sa profession et stoppait son avancement. Assurant la circulation, il n'osait pas siffler les imprudents et quand, d'aventure, il était contraint d'infliger une contravention, il s'avouait si malheureux que sa victime se trouvait dans l'obligation de le consoler. Aussi, lorsque Benito entra dans la charcuterie et qu'il vit Gelsomina trônant à sa caisse, il commença à perdre pied tant sous l'effet de l'émotion que sous l'emprise de l'admiration car, du premier moment, la signora Bronzolo l'avait subjugué. La charcutière se rendant compte du trouble de ce grand gaillard en uniforme, lui adressa un sourire maternel qui fit littéralement fondre le cœur de Masone.

— Qu'est-ce que sera pour vous, *signore* ?

Benito s'étrangla, rougit, s'étouffa un peu et finalement parvint à extraire un filet de voix de sa gorge nouée :

— Le *signor* Bronzolo, s'il vous plaît, *signora* ?

— Pourquoi ?

— Pour l'emmener au commissariat.

Gelsomina pâlit. Voyant son émoi, Masone pour la rassurer ajouta :

— C'est au sujet du meurtre de Bellagamba.

Gelsomina eut à peine la force de pousser une sorte de gémissement ténu avant de s'évanouir tandis que les clientes alléchées, oubliant de lui porter secours, se bousculaient pour sortir, afin d'être les premières à apporter la grande nouvelle : Romeo Bellagamba avait été assassiné et Bronzolo était peut-être bien son meurtrier.

⁂

Michele Mangiatorti regardait d'un œil à la fois haineux et gourmand le malheureux Ettore assis en face de lui et qui n'en menait pas large. Le commissaire jouissait intensément de la minute présente.

— Et alors, *signore,* on ne se contente plus de saigner les porcs à ce qu'il paraît ?

— *Signor* commissaire, je ne comprends pas ?

— Vous ne comprenez pas, hé ? Et Bellagamba, Romeo Bellagamba vous ne le connaissiez pas, hé ? Et vous n'étiez peut-être pas avec lui, cet après-midi, hé ? Et vous ne lui avez peut-être pas planté votre couteau dans le dos, hé ?

Il en perdait le souffle le pauvre Ettore.

— Mais pourquoi... pourquoi... pourquoi je l'aurais assassiné, Bellagamba ?

Mangiatorti se leva, fit le tour de son bureau et prenant Bronzolo par les épaules, se pencha vers lui pour lui souffler dans le visage :

— Par inadvertance !

— Par... ?

— On tue des cochons à longueur de journée... On égorge machinalement du matin au soir... On pataugé dans le sang de l'aube au crépuscule, on perd la notion du bien et du mal, de ce qui est permis et de ce qui ne l'est pas, on tue, parce qu'on ne sait plus faire autre chose que tuer. Si d'aventure quelqu'un vous déplaît, comme ce malheureux Bellagamba, alors vlan ! Le poignard dans le dos ! Un réflexe devenu naturel chez vous, Ettore Bronzolo, Ettore le tueur.

— *Ma qué, signor* commissaire, je n'ai jamais tué un cochon de ma vie ! On me les apporte en morceaux !

Michele, coupé dans un élan, marqua un temps d'arrêt.

— Et lâche avec ça, hé ? On n'a même pas le courage d'exécuter la sale besogne soi-même, hé ? Alors, je vous le demande au nom de la République italienne qui a droit au service, au dévouement de tous ses enfants : Ettore Bronzolo, qui avez-vous payé pour vous débarrasser de Romeo Bellagamba ?

— Personne !

Le commissaire se redressa, remit son gilet en place, regagna son bureau, se réinstalla dans son fauteuil.

— En somme, Ettore Bronzolo, vous êtes un mauvais citoyen.

— Et pour quelle raison ?

— Vous refusez de collaborer avec la Justice !

— Je peux pourtant pas vous avouer un crime que j'ai pas commis ?

— Vous savez où elle va vous mener votre attitude ? Au bagne !

— Au bagne ! Mais si j'étais coupable, alors ?

— Vous iriez également au bagne mais avec mon estime !

Hors de lui, oubliant d'un seul coup ses angoisses, ses terreurs, les menaces pesant sur lui de tous les côtés, Bronzolo se livra à l'emportement d'une colère furieuse.

— *Ma qué !* Votre estime je m'en fous, Michele Mangiatorti ! Vous m'entendez ? Je m'en fous !

— Ah ! Ah ! Révolté, hé ?

— J'en ai marre des types de votre espèce qui abusent de leur pouvoir uniquement pour embêter ceux qu'ils envient !

— Je vous envie, moi ?

— Parfaitement !

— Et pourquoi vous envirais-je, *signore !*

— Parce que vous êtes un minable, *signore !*

— Vous avez bien dit : minable, *signore* ?

— Et je le répète, un minable, *signore* ! Un homme qui crève de jalousie parce qu'il n'a pas d'auto, parce qu'il a de petites économies, parce qu'il a une femme qui pousserait n'importe quel homme bien équilibré au suicide !

Violet, le souffle court, Michele Mangiatorti approchait rapidement du coup de sang.

— Vous insultez la *signora* Mangiatorti ! Une femme que tout le monde respecte ! Ce n'est pas comme votre Gelsomina !

— Ma Gelsomina tout le monde me l'envie, *signore,* à commencer par vous !

— Moi ? Ah ! Ah ! Ah ! Je ne tiens pas à être cocu !

— Avec la vôtre, *signore,* vous ne risquez rien car dans tout Modène il n'y a pas un garçon assez courageux pour réussir un pareil exploit.

Dressés l'un en face de l'aure, ils se dévisageaient, prêts à se mordre, à se battre, mâles humiliés et décidés à s'en remettre à la violence pour trancher le débat les opposant. Il y eut deux ou trois secondes où tout pouvait arriver, où tout pouvait se produire, où l'on frôla la catastrophe irréparable et, brusquement, Mangiatorti cessa. Il se laissa retomber dans son fauteuil et se mit à pleurer, la tête dans ses mains. Passant, d'un même élan, de la fureur à la pitié, le charcutier, à son tour, glissa de l'autre côté du bureau pour poser une main fraternelle sur l'épaule du commissaire.

— *Ma qué, signor* commissaire, il ne faut pas vous laisser aller, hé ? J'ai un peu exagéré... Votre femme, elle n'est pas si mal que ça...

Mangiatorti secoua la tête et d'une voix brisée :

— Elle est pire, Bronzolo... Aussi laide au moral qu'au physique... et Dieu qui ne la rappelle pas à Lui ! Mais qu'est-ce qu'Il attend ?

— Peut-être qu'Il en a peur, Lui aussi ?

— Ça doit être ça... et ce Bellagamba, Bronzolo, ce n'est décidément pas vous qui l'avez tué ?

— Non... Je le regrette, dans un sens, parce que je devine que cela vous aurait fait plaisir...

— Merci, Ettore... Je sais qu'il y a des services qu'on ne peut demander...

Tout de suite, Gelsomina comprit que ce *signore* entrant dans sa boutique n'appartenait pas à sa clientèle. Au plus profond d'elle-même, une voix chuchota que cet inconnu matérialisait la continuation de leurs ennuis. Laissant au commis le soin de s'occuper des clientes, elle alla directement vers le beau garçon que chacun regardait d'un œil gourmand.

— Vous désirez, *signore* ?

— J'ai rendez-vous avec le *signore* Bronzolo.

Sous le choc, Gelsomina ferma les yeux et voulut se cramponner à quelque chose pour ne point défaillir. Malheureusement, elle mit ainsi la main dans un baquet de saindoux et la surprise triompha de son émotion. Elle s'excusa tout en s'essuyant :

— Ettore n'est pas là... Il regrettera... sûrement.

— Il n'est pas là ? Il a pourtant bien reçu un télégramme ?

Ainsi, plus d'illusions à nourrir ! Il s'agissait bien du Français. Désespérément, la charcutière voulut écarter cet homme dont la seule présence menaçait la tranquillité de son ménage.

— Oui, oui... mais, croyez-moi, *signore,* il serait préférable que vous n'insistiez pas...

— Vraiment ?

— Voyez-vous, en ce moment, nous avons de gros soucis... de très gros soucis et je ne pense pas que mon mari aura le temps de... de vous recevoir.

— Cela m'étonnerait.

Cette remarque prononcée sur un ton froid par un *signore* élégant et qui souriait suscita une panique dans le cœur de Gelsomina.

— Je... je ne saisis pas, *signore ?*

— Simplement, *signora,* qu'on ne se débarrasse pas de moi aussi facilement et sans s'attirer quelque chose de plus grave que des ennuis. Vous me comprenez ?

Si elle comprenait ! Elle répondit affirmativement en inclinant la tête.

— Parfait... Ayez donc l'amabilité, *signora,* de me conduire dans un endroit où je pourrai tranquillement voir le *signor* Ettore Bronzolo.

Pietro Ozieri avait longtemps cru qu'il était un homme de talent sinon un génie mais la vie se chargea de lui prouver son erreur. De désillusion en désillusion, il se contentait aujourd'hui de ce petit métier de photographe ambulant qui lui assurait sa polenta journalière et lui permettait, le dimanche, de s'enivrer. Une triste existence où Pietro se serait enlisé jusqu'au moment où on l'eût conduit à l'hôpital pour y mourir décemment s'il n'avait rencontré, un soir, dans un bistrot sordide, un homme qui comprit sa hargne d'artiste bafoué par l'incompréhension bourgeoise. Ce bon Samaritain, si plein de tendresse pour ses semblables, si parfaitemenet apte à deviner leurs souffrances et les en consoler, se nommait Vladimir Mikhaïlovitch Stoupizine. Installé à Modène depuis une douzaine d'années, il y gagnait sa vie en donnant des leçons de russe et de mathématiques. Jamais la police n'avait eu son attention attirée par ce Russe qui disait avoir fui son pays à la faveur d'une mission culturelle au cours de laquelle il avait choisi la liberté. Personne ne savait que sa fuite avait été organisée par les Services Secrets soviétiques et que Stoupizine, vieux fonctionnaire de l'espionnage, possédait peut-être les plus belles archives européennes concernant les espions de tout poil opérant sur le vieux continent. Il habitait chez Angelo Corno, dans une soupente. Peu enclin, à goûter les plaisirs de l'existence, il ne vivait que pour ses archives qu'il entretenait avec infiniment de précision et d'amour. Stalinien de cœur, il regrettait le temps où, sur une simple dénonciation plus ou moins motivée, on envoyait dans un camp de concentration ceux dont la foi communiste paraissait tiède ou le zèle quelque peu ralenti. Il attendait le retour des équipes d'autrefois et prenait des notes sur ceux qu'il espérait bien éliminer un jour.

Après avoir longtemps étudié, en stratège prudent, le comportement et le caractère d'Ozieri, Stoupizine décida de le prendre à son service. Il le chargea de photographier pour son compte, les voyageurs descendant des trains internationaux. Le soir, il projetait ces photographies agrandies pour y découvrir les visages d'agents secrets qu'il était souvent seul à connaître. Ecœuré de ses échecs mis sur le compte d'une incompréhension générale, Pietro Ozieri en obéissant au Russe améliorait sa matérielle et se vengeait du mépris dans lequel on tenait ses talents.

Revenant de la gare, Ozieri gagna la *via* Stella et poussa la porte de la misérable échoppe de l'usurier Angelo Corno. Le son fêlé d'une clochette fendue arracha Angelo au trou d'ombre d'où, vieux cloporte, il guettait la pratique. Traînant la jambe, il émergea dans la clarté douteuse régnant jusqu'au milieu de la boutique, avec son visage blafard, son corps voûté, ses mains aux doigts crochus disparaissant sous des manches trop longues. En reconnaisant le photographe, il haussa les épaules.

— Ah ! c'est toi...

— Stoupizine est là ?

Sans daigner répondre, Angelo indiqua du pouce, par-dessus son épaule, l'arrière-boutique où Pietro ne s'enfonçait jamais sans écœurement. L'ayant traversée, il se trouva dans la cour où donnait son laboratoire et la porte menant au P.C. du réseau soviétiques. A travers ladite porte perçaient les éclats d'une furieuse colère.

Cette fureur aux échos bruyants était manifestée par Anton Vassilievitch Prozenski expliquant sa manière de voir aux camarades Stoupizine, Filippo Adrano, Salvatore Olbia, Umberto Cirigliano et Gesù Sangro, qui, moyennant un certain nombre de lires chaque mois, se dévouaient corps et âme au triomphe du prolétariat à la sauce soviétique.

— J'arrive de Moscou, petits frères, parce que

là-bas, on vous tient pour des idiots sclérosés, des rétrogrades arthritiques, des révolutionnaires bourgeois ! Petits frères, je vous le dis tout net, ça ne peut pas durer à moins que vous ne soyez attirés par le suicide ; Notre Sainte Russie a besoin de vous, mais pas de vos erreurs ! Comptez sur moi, bande de moujiks antipartis pour réchauffer vos enthousiasmes refroidis ! Quelque chose à dire, camarade Stoupizine ?

— Simplement une remarque, camarade Prozenski : les mots de Sainte Russie, petits frères et moujiks sont-ils bien à leur place dans la bouche d'un camarade qui a la confiance du Politburo ?

— Je devine, petit père, que tu brûles d'envie d'aller aider à la mise en culture des terres vierges, hein ? Continue de la sorte, espèce de déviationniste stalinien, pour te faire recommander chaudement en vue d'un défrichage intensif ! Par Notre Dame de Kazan, tu mériterais que je te roue de coups pour ton insolence !

Blême, Stoupizine lança :

— C'est ainsi, j'imagine, camarade, que ton père parlait à ses serfs ?

— Non pas, petit père, non pas ! Car ses paysans, il les aimait bien mais aux types dans ton genre, la vermine, quoi ! il ne leur parlait, si je puis dire, qu'à coups de botte dans les fesses ! Et par les Saints Apôtres, j'ai bien envie d'user de la même méthode !

— Je me plaindrai !

— A qui ? A ton protecteur, feu Joseph Vassilievitch Staline ? Ou à tes amis du groupe antiparti ? Te voilà mal engagé, petit père, et, à ta place, je fermerais ma grande gueule si tu ne souhaites pas que je te la ferme moi-même à coups de poings !

— Touche-moi seulement, camarade, et on verra si Moscou écoutera plus volontiers le fils d'un barine qu'un enfant du peuple !

Les Italiens ne comprenaient pas grand-chose à cette querelle mais craignant d'être en butte à l'hostilité des Services Secrets soviétiques, ce qui eût signifié un trépas prématuré, ils ne pipaient mot. Prozenski s'adressa à tous :

— Fils de barine, parfaitement ! Et j'en suis fier ! L'Union Soviétique a besoin de gens comme moi pour enseigner les bonnes manières à des porcs de votre espèce, camarades ! Avec moi, vous apprendrez les bonnes manières, tas de moujiks ! Par Saint Basile, je vous ferai tous crever sous le knout si vous ne parvenez pas à vous conduire autrement que comme des chiens libidineux ! Et comme des crétins, fils de crétins et petits-fils de crétins ! Car, stupides épigones du capitalisme baveux, voulez-vous me confier pourquoi vous croyez intelligent de supprimer les agents étrangers ? Peut-être par fidélité au sanglant Staline, estimez-vous nécessaire de ne pas suivre nos directives ?

Stoupizine en avait assez. Il hurla :

— Non, mais pour qui te prends-tu, camarade ?

— Pour quelqu'un qui ne te permet pas de le tutoyer !

— Mais, camarade, toi-même...

— Moi, je suis fils de barine, ne l'oublie pas ! Et veille à te montrer un peu moins familier dorénavant !

Absolument désorienté par ce raisonnement qui, à l'époque de son cher Staline, eût conduit son auteur au bagne, Stoupizine se tut. Il incomba à Salvatore Olbia de protester dans les règles :

— Camarade, nous vous donnons notre parole

que nous n'avons pas abattu un seul agent capitaliste depuis des mois et des mois.

— C'est vrai, petit frère ?

— C'est vrai, camarade Prozenski !

— Alors, explique-moi donc, espèce de goitreux, chancre de la révolution prolétarienne, qui a tué Honoré Grandsaigne ? Et qui donc a assassiné le professeur Arena ? Qui possède le carnet de notes du professeur ?

— Ce n'est pas nous, camarade !

— Je le sais bien que vous n'avez pas le carnet de notes, bons à rien, résidus du régime stalinien ! Mais les cadavres ?

Umberto Cirigliano dut avouer :

— On n'y comprend rien... On ne sait pas qui a frappé Ozoukov ni qui a pris le carnet.

— C'est idiot !

— C'est peut-être idiot mais c'est comme ça !

Angelo Corno précédé de sa puanteur naturelle, pénétra dans la pièce et annonça avec un sourire sardonique :

— J'ai le regret de vous apprendre que votre ami Romeo Bellagamba a été assassiné cet après-midi d'un coup de poignard dans le dos.

Il ressortit en traînant la jambe. Prozenski porta un fin mouchoir à ses narines tout en grommelant :

— Ce camarade pue monstrueusement ! Stoupizine, tu lui interdiras désormais de venir ici ! Elle n'est déjà pas ragoûtante ta tanière, petit frère, mais si ça sent le renard crevé, en plus !

Stoupizine hurla brusquement :

— Les Français ! C'est un coup des Français !

Prozenski recula d'un pas avant de demander :

— Ça te prend souvent, petit père ?

— Les Français ont tué Bellagamba !

— Qu'en sais-tu ?

— Le camarade Bellagamba était chargé de filer Bronzolo qui est un agent de Paris !

— Dans ce cas, on va rire !

Le photographe se présenta à son tour et Prozenski qui ne l'avait point encore vu le regarda d'un œil méfiant :

— Le camarade Ozieri qui photographie tous les voyageurs descendant des trains internationaux en gare de Modène. Puis, nous projetons ces photos au cas où nous reconnaîtrions quelqu'un souhaitant conserver l'anonymat.

— Pas bête ton idée, camarade Stoupizine, pas bête du tout !

On installa l'appareil de projection et le défilé commença. On parvenait à la fin de la série lorsque Prozenski rugit :

— Là ! Par saint Basile, arrêtez ! là !

On immobilisa la photo et l'envoyé de Moscou s'approcha jusqu'à la limite de la vision distincte et cria presque de joie :

— C'est bien lui ! Bob Argental ! L'As des Services Secrets français. Il s'amène en douce ! Camarade Stoupizine, tu remontes dans mon estime !

— Si ça se trouve, c'est ce typle-là qui a descendu Bellagamba !

— Eh bien ! Je vais lui montrer de quel bois je me chauffe !

Craignant on ne sait quelle initiative de la part de son hôte forcé, Gelsomina était demeurée avec Argental dans la pièce qui servait de pièce de réception aux Bronzolo. Elle essayait, timidement, de le convaincre de laisser son Ettore en paix. Elle brossait un tableau idyllique de leur petite existence de commerçants ayant réussi. Elle parla d'Agnèse qui aurait dû être là si elle n'était repartie pour Turin voir ses patrons. Mais elle reviendrait dans la matinée du lendemain pour reprendre son service. Sa mère, veuve, ne lui étant pas d'un grand secours dans la vie, Agnèse avait grand besoin de la présence d'Ettore qui lui servait de père. Argental écoutait ce bavardage en souriant. A vrai dire, il n'entendait pas et tout en feignant de prêter une oreille attentive au discours de Gelsomina, il pensait à ses propres affaires et notamment à la manière dont il devrait s'y prendre pour récupérer le carnet de notes du professeur Arena. Il commençait à croire que pour atteindre ce but, Ettore Bronzolo ne lui serait pas d'un grand secours.

Gelsomina désespérait de pouvoir poursuivre une conversation qui n'était qu'un monologue lorsque Ettore revint enfin. Il ouvrit la porte, ne prêtant attention à personne, il se dirigeait vers sa chambre. Sa femme pour l'obliger à s'arrêter dit :

— Ta cousine est là, Ettore.

Le charcutier sursauta, se retourna :

— Ma cousine ?

Argental s'avança :

— J'arrive de Paris pour vous rencontrer.

— Vous arrivez de Paris, hé ? *Ma qué !* Moi je reviens de l'enfer !

Profitant de ce qu'il avait du public et parce que c'était dans sa nature de mimer tout ce qu'il ressentait, il entreprit de faire vivre à ses auditeurs la scène l'ayant opposé au commissaire Mangiatorti. Incrédule, le Français regardait Bronzolo s'agiter, emprunter la voix du policier, retrouver la sienne, en vue d'une réplique définitive, appeler le ciel en témoignage, rugir des invectives, énumérer les malheurs immérités l'accablant, faisant apparaître et presque aussitôt disparaître des personnages dont Argental ne saurait jamais qui ils étaient. Tout ce vaste monologue ponctué, rythmé par les soupirs, les interjections, les cris, les gémissements, les supplications, les grondements de colère de Gelsomina. Quand enfin, Ettore, épuisé, se laissa tomber sur une chaise, à bout de souffle, l'agent français ne savait plus si le charcutier avait tué le commissaire de police ou si ce dernier l'avait prié de l'utiliser dans ses tâches secrètes, en bref, il n'y comprenait rien. Rasséréné par l'intérêt que son épouse lui avait témoigné, assuré de la sympathie d'Argental, Bronzolo changea le ton pour demander :

— Et à part ça, vous avez fait un bon voyage ?

Sans d'ailleurs attendre une réponse dont il ne se souciait guère Bronzolo invita l'étranger à le suivre au P.C. des Services français à Modène car, ajouta-t-il, mystérieux :

— Il y a des choses qui peuvent être dites qu'à l'abri des oreilles indiscrètes, indifférentes ou ennemies !

Il oubliait, en toute quiétude d'esprit, qu'il venait de raconter la mort de Bellagamba, devant Gelsomina et avec suffisamment de force véhémente pour qu'on ait pu l'entendre de la rue ou, tout au moins, de la cour. Mais Ettore s'affirmait ainsi bâti qu'il n'attachait d'importance aux gestes qu'en raison même de l'importance que lui-même leur attribuait.

Légèrement désorienté, Argental suivit Bronzolo dans le garage au fond duquel une porte donnait sur une pièce parfaitement tenue mais qui, contrairement à celle où régnait Stoupizine, ne contenait aucun dossier. De grands murs nus, une table, des sièges, un tableau noir, et, dans un coin, une machine électronique assez importante. Ettore y veillait comme sur sa propre fille. Par elle, il pouvait tout savoir sur les agents étrangers voyageant en Emilie. La machine, à elle seule, remplaçait tous les dossiers des Soviétiques. De nouveau, le charcutier se lança dans un monologue enthousiaste visant à prouver les qualités indiscutables de cette machine exceptionnelle à laquelle aucun secret de l'ennemi ne saurait demeurer secret bien longtemps.

— Qui a tué le professeur Arena ?

Son élan oratoire coupé par cette question posée d'un ton placide, Ettore resta un instant en équilibre au sommet d'une phrase. Il en redescendit pour répondre piteusement :

— Je n'en sais rien. Sans doute, Ozoukov ?

— Et qui a tué Ozoukov ?

— Sans doute Grandsaigne ?

— Dans ce cas, qui a pris le carnet à Grandsaigne après l'avoir tué ?

— Vraisemblablement un type de la bande à Stoupizine.

— Quoi qu'il en soit, je suis venu, Bronzolo pour qu'à nous deux nous montrions aux Soviétiques qu'ils auraient tort de se croire les maîtres ici !

Visiblement, le charcutier n'était pas d'accord et il exprima sa façon de voir le plus honnêtement du monde.

— *Signor* Argental, j'ai le regret de vous dire de ne pas compter sur moi. Je ne suis plus un jeune homme, je dois avoir le cœur fragile et les émotions ne me valent rien. Aujourd'hui, j'ai failli être assassiné par un type que je croyais mon ami... On m'a traîné au commissariat de police pour m'entendre accusé d'un crime que je n'avais pas commis... Je me suis atrocement querellé avec

Michele Mangiatorti et j'ai risqué la prison... Mon existence ne tient qu'à un fil car, avant de mourir, Bellagamba m'a confié que les Russes étaient au courant de mon travail... Alors, non, *signor* Argental, je ne joue plus ! J'ai un commerce qui marche bien, une femme qui, en dépit de son sale caractère, est une bonne épouse. Je préfère finir ma vie en jouant aux cartes plutôt que sous le couteau d'un type que je ne connais pas pour une cause dont, au fond, je me fous. Excusez-moi, *signor* Argental, de vous avoir parlé avec franchise, mais il valait mieux que vous soyez tout de suite au courant, hé ?

Le Français prit une cigarette dans sa poche, l'alluma, rejeta doucement la fumée et dans ce mutisme, Ettore devina subitement que quelque chose de très mauvais pour lui se préparait. Ce qui exaspérait le charcutier et l'inquiétait terriblement, c'était la douceur de son compagnon.

— Je vous comprends, *signor* Bronzolo... Je vous comprends d'autant mieux que le programme dont vous rêvez est celui auquel rêvent tous les agents secrets de toutes les nations du monde. Malheureusement, c'est un rêve irréalisable.

— Irréalisable ?

— *Signor* Bronzolo, je suis sûr que vous avez plaisanté... Si je n'en étais pas convaincu, je serais obligé de signaler votre désir de trahir et de... prendre les... décisions s'imposant en pareil cas. Vous saisissez, cher ami ?

— Vous voulez dire que si je ne marche plus avec vous, vous me... ?

D'un geste éloquent le charcutier se passa le tranchant de la main sur le cou.

— Hélas ! oui... Ce me serait très désagréable, car vous m'êtes infiniment sympathique et j'aurais de la peine à rendre la *signora* Bronzolo veuve, mais vous n'ignorez pas que les ordres sont les ordres, n'est-ce pas ?

Effondré, Ettore ne réagit pas. Apitoyé, le Français précisa :

— Si je puis me permettre cette irrespectueuse comparaison, *signore*, notre métier est un peu comme la religion, on y entre mais on n'en sort pas... Allons, remettez-vous, nous ferons du bon travail ensemble et pour commencer, préparons nous à infliger une bonne leçon aux Russes, histoire de leur montrer que nous ne sommes pas disposés à les laisser nous manœuvrer.

L'allure dont Ettore Bronzolo retourna dans son appartement en compagnie de Robert Argental, évoquait le pas du condamné d'Alcatraz se rendant à la chaise électrique.

CHAPITRE III

Anton Vassilievitch Prozenski, ayant décrété qu'on ne pouvait rester sur un échec et que toute besogne entreprise devait être menée à son terme, décida que le nommé Ettore Bronzolo dont la mort avait été résolue avant son arrivée, mourrait. Il désigna le fin tireur Filippo Adrano pour exécuter cette besogne, le plus tôt, le plus vite et le plus discrètement possible. En foi de quoi, sur les huit heures du soir, Filippo, pourvu d'un silencieux, se mit en route vers San Cataldo où logeaient les Bronzolo.

Filippo Adrano était un homme aigri. Son entrée au Parti Communiste Italien venait de ce que sa femme l'avait abominablement trompé sans qu'il en sût rien avec la plupart des hommes de son quartier. Lorsqu'un ami lui eut révélé son infortune et qu'il comprit que loin de le plaindre, on le moquait, Filippo entra dans une rage folle. D'abord, il traita son épouse infidèle de façon qu'il faillit l'estropier pour le reste de ses jours, mais l'inconduite de la victime s'affirmait telle que le tribunal se montra indulgent : le mari bafoué s'en tira avec un mois de prison ferme. A son retour, sa compagne ayant rejoint ses parents à Ferrare, il n'entreprit aucune démarche pour l'obliger à réintégrer le domicile conjugal. Il ne parla plus à personne, en voulut à tout le monde. Par un phénomène de transfert, la faute de sa femme devenait celle d'une société complice. Stoupizine, mis au courant, n'eut aucun mal à lui démontrer que le naufrage de son foyer était dû à la mentalité petite-bourgeoise du gouvernement italien. Dès lors, ayant un objectif sur lequel cristalliser sa haine, Adrano exécuta toutes les besognes commandées par les Russes, trouvant dans leur accomplissement de quoi satisfaire une haine destinée à ne finir qu'avec sa vie.

En tuant Ettore Bronzolo qu'il connaissait, Filippo tuerait un de ceux qui l'avaient trompé avec son épouse. Dans tout homme rencontré, son cerveau malade découvrait en effet, un amant triomphant à ses dépens. Parce que la vie est une aventure absurde, Ettore risquait bel et bien de mourir à cause d'une femme dont il ignorait l'existence.

Bronzolo ne savait pas ce qu'était la rancune et puis, son caractère normalement enjoué passait très vite du désespoir le plus déprimant à l'espérance la plus assurée. Ne pouvant échapper à une mission dont les conséquences l'affolaient, il fit contre mauvaise fortune bon cœur. Puisque de toute façon, il s'avérait impossible de se débarrasser d'Argental, autant l'avoir près de soi, ne fût-ce que pour se protéger. Aussi, avec l'approbation plus réservée de Gelsomina, le charcutier pria-t-il le Français de demeurer chez lui. Argental accepta sans plus de façon. Le même soir Ettore convoqua les amis avec lesquels il jouait aux cartes et qui, en vérité étaient les agents au service de la France. Il présenta ainsi à Argental le Tchèque Vaclav Bujarek, le polonais Marian Gosciki, l'Allemand Egon Seethaler, les Italiens Vittorio Serrara et Carlo Avellino. Tous partagèrent l'opinion de Bronzolo, à savoir qu'ils ne comprenaient pas la mort de Grandsaigne si les Russes ne s'en révélaient pas les auteurs. A huit heures du soir, la réunion terminée, chacun regagna sa demeure. Au même moment, Filippo Adrano se mettait en route pour tuer le charcutier.

Afin d'honorer son hôte, plus encore peut-être pour susciter sa reconnaissance admirative, Gelsomina avait préparé un repas de qualité. Elle attendit que les commis eussent mangé et se soient retirés pour achever ses ultimes préparatifs. Quand enfin, dans la maison désertée par ceux qui y travaillaient seulement, Gelsomina appela son mari et son compagnon, un brin d'orgueil résonnait dans sa voix. Elle avait raison car, dès le minestrone, Argental commença à s'émerveiller et l'enchantement du Français alla *crescendo* au fur et à mesure que le repas déroulait ses fastes bourgeois. Heureux du plaisir évident de son hôte, fier de l'hommage rendu à Gelsomina, Ettore, ayant oublié ses angoisses de l'après-midi, souriait en racontant des histoires. Vraisemblablement, le brave charcutier eût-il eu moins de goût pour discuter ses anecdotes (dont il riait le premier), s'il s'était douté qu'un homme approchait de sa demeure pour le tuer.

De son côté, Filippo Adrano ne se méfiait pas. Esprit simple, se prenant pour un justicier, il allait d'un pas assuré vers San Cataldo. Il ne pouvait supposer que d'autres se dirigeaient vers la maison des Bronzolo avec des intentions tout aussi meurtrières que les siennes.

La salle à manger des Bronzolo ouvrait par une belle fenêtre sur une sorte de terrain vague que Gelsomina rêvait d'acheter à seule fin de le transformer en un jardin. C'est dans un coin de ce terrain vague que Ercole Lampagnini, le musicien ambulant qui jouait si bien du poignard, regardait, les yeux rivés à une paire de jumelles, les Bronzolo dîner en compagnie de leur hôte. Avec la nuit, le terrain fréquenté de jour par les gosses et les chiens du quartier, retrouvait son calme de désert. Emergeant de derrière un tas de décombres, un couple étrange apparut. Une vieille dame d'allure bourgeoise poussait un fauteuil roulant où un homme âgé mais d'une grande distinction, enveloppé dans un plaid, récitait d'une voix encore ferme, des vers à la gloire de Modène. Ces vers avaient pour raison de signaler son approche. Lampagnini ne bougea pas et ne consentit à abandonner ses jumelles que lorsque le vieillard lui adressa la parole :

— Il est là, Ercole ?

— Il est là.

— Que fait-il ?

— Il mange.

— Robert Argental, agent de première catégorie. Extrêmement dangeureux. Envoyé à Modène pour tenter de récupérer la découverte du professeur Arena...

— ... et en faire l'usage que nous devinons. Il doit mourir.

— Il mourra.

A ce moment la vieille dame intervint pour demander doucement :

— Est-il jeune ?

L'homme assis dans le fauteuil, tourna la tête vers elle :

— Quelle importance, Mafalda ?

— Je n'aime pas voir mourir les jeunes, Giorgio.

— Pensez à tous les jeunes qui mourront si nous laissons ce Français et ceux qui lui ressemblent déchaîner la guerre atomique sur le monde. Nous devons protéger notre ville, Mafalda. Pour que Modène continue à vivre, le Français doit mourir.

— Vous avez raison, Giorgio.

Emporté par l'euphorie de la bonne chère, ayant bu son café et le petit verre de « grappa » destiné à faciliter sa digestion, Ettore proposa à Robert de lui chanter une complainte de son pays. Argental accepta d'enthousiasme. Ayant rarement l'occasion de se détendre, Robert savourait pour une fois des moments qu'il croyait sans danger. Gelsomina ayant apporté une mandoline à son mari, ce dernier plaqua deux ou trois accords et entonna une chanson sicilienne.

— C'est Bronzolo qui chante. Il a une belle voix.

Ayant donné son avis de professionnel de la musique, Lampagnini conclut :

— Rien que pour sa voix, nous l'épargnerons n'est-ce pas, *signor* Ronzone ?

— Oui... Ettore est un brave homme fourvoyé dans une histoire où il n'est heureusement pas bien dangereux. Toutefois, il serait bon...

Mais, d'un geste brusque, Ercole lui imposa le silence tout en chuchotant :

— Attention ! On vient...

Sans le moindre bruit, Mafalda tira le fauteuil

bien huilé derrière le tas de décombres où Lampagnini la rejoignit et s'installa pour surveiller ce qui se passait. Ainsi, il vit arriver Filippo Adrano.

Par sa seule allure, Filippo retenait l'attention. Le plus obtus, l'observant à cet instant eût compris qu'il nourrissait de sombres desseins. Adrano regardait sans cesse derrière lui, autour de lui, s'approchait de la fenêtre éclairée des Bronzolo en rasant le mur. Lampagnini qui l'avait reconnu, soupira :

— *Ma qué !* Je me demande pourquoi les Russes n'emploient jamais que les plus stupides ?

Filippo apporta silencieusement la grosse pierre nécessaire pour lui permettre de jeter un coup d'œil chez le charcutier. Puis, les autres devinèrent plus qu'ils n'aperçurent, le pistolet qu'Adrano sortait de sa poche. Le musicien ambulant souffla très vite :

— Cela presse. Il est trop loin pour que j'intervienne. Je vous le laisse don Giorgio...

Le vieillard, dont Mafalda dégageait le fauteuil pour lui permettre de bien viser, sortit de sous son plaid un pistolet Smith et Wesson soigneusement entretenu, fixa un silencieux, et d'une main qui ne tremblait pas, pointa le canon de son arme sur le dos de Filippo.

Doucement, sans que les convives prissent garde à lui, Adrano poussa la fenêtre non fermée des Bronzolo et leva son pistolet pour tuer le charcutier. Ettore l'aperçut alors qu'il s'était lancé dans une ritournelle où il cherchait à atteindre (dans l'espoir d'éblouir son complice) sa note la plus haute. L'émotion coupa brusquement la respiration du charcutier qui, la bouche désespérément ouverte, resta suspendu au sommet de la courbe ascendante de son chant. Intrigués par ce silence subit, le Français et Gelsomina regardèrent dans la direction où Bronzolo fixait les yeux et, à leur tour, la vue de Filippo les figea sur leur chaise. Bronzolo serait incontinent passé de vie à trépas si un plouf ! discret ne s'était fait entendre à l'extérieur, bruit qui entraîna la disparition du tueur sans que les assistants pussent établir tout de suite une relation de cause à effet entre les deux événements.

Tandis que Giorgio Ronzone soufflait dans le canon de son arme, Mafalda Lévico affirmait d'un ton pénétré :

— Vous avez encore la main et l'œil, don Giorgio !

Lampagnini approuva :

— A cette distance et avec cette visibilité, un coup remarquable, don Giorgio.

Le vieillard se mit à ronronner comme un gros matou, mais le musicien ambulant s'empressa d'ajouter :

— Il y a des chances pour que le premier moment de surprise passé, Ettore et son hôte viennent se rendre compte de ce qui s'est produit. Nous aurions intérêt à disparaître rapidement et à ne pas déclencher une bataille... Nous retrouverons le Français.

***

Argental et Bronzolo se penchaient sur le cadavre de Filippo. Le charcutier ayant retourné le cadavre, Bob éclaira le visage du mort de sa lampe électrique. Ettore s'écria :

— Je le connais ! Il travaillait pour les Russes ! C'est Filippo Adrano...

A son tour, le Français examina le corps.

— Il a été tué d'une balle qui lui a brisé la colonne vertébrale vraisemblablement. Du moment que nous n'avons pas entendu de coup de feu mais une sorte d'éternuement étouffé, on peut penser à un silencieux...

Il se redressa pour regarder autour de lui.

— Celui ou ceux qui ont envoyé ce type dans l'autre monde doivent être loin. Il n'y a plus qu'à nous débarrasser au plus vite de cet encombrant personnage.

Longtemps cette nuit-là, alors que Gelsomina était montée se coucher, Argental et Bronzolo restèrent à boire de la « grappa » tout en épiloguant sur le meurtre les ayant sauvés. Prenant des risques obligés, ils avaient roulé le corps de Filippo dans une toile de sac pour le transporter à une vingtaine de kilomètres de Modène et le déposer dans un endroit où il ne serait pas découvert tout de suite. De cette promenade, Ettore jurait qu'il garderait un souvenir épouvanté. Pendant le trajet, le charcutier vécut une véritable agonie, s'attendant à chaque instant à être arrêté par une patrouille de carabiniers dont la curiosité eût été catastrophique. Pour se remettre de ses émotions, pour essayer aussi de comprendre qui, dans l'anonymat le plus absolu, se mêlait à la querelle opposant pour l'heure les Français et les Russes, dès son retour dans la charcuterie, Bronzolo avait sorti une de ses meilleures bouteilles pour la vider avec Argental tout en se perdant en conjectures quant à l'identité et aux buts du troisième clan. En tout cas, pour la deuxième fois, ces inconnus venaient de sauver la vie d'Ettore. Pourquoi ?

***

Malgré les courtoises et pressantes invitations de Bronzolo, Argental avait décidé de ne point importuner ses hôtes en ce beau dimanche de printemps mais bien de flâner à l'aventure dans cette ville qu'il ne connaissait pas. Il promit à Ettore l'adjurant d'être prudent, qu'il serait de retour pour le dîner.

Lesté d'un substentiel petit déjeuner, le Français s'en fut à la découverte. Par le *viale* Gaetano Storchi, il gagna le centre de la ville, pénétra dans le vieux Modène par le *largo di Porta* S. Agostino, se laissa aller le long de la *via* Emilia pour atteindre la *piazza della Torre* et se trouver en face de la cathédrale romane, une des plus belles d'Italie. La célébration des offices dominicaux interdisait les visites profanes. Aussi, après avoir admiré les les différentes portes de l'édifice religieux, Bob gagna-t-il le centre de la *piazza* Grande pour jouir d'une vue d'ensemble. Or, par une de ces coïncidences incitant à croire à la malignité du hasard, Anton Vassilievitch Prozenski passait sous les arcades limitant un des côtés de la place. Le Russe se sentait, ce matin-là, d'humeur facétieuse. Il appela un gamin qui s'interrogeait sur la manière la plus efficace de gagner les quelques lires devant permettre de s'offrir une glace. Lui montrant Argental toujours absorbé dans sa contemplation de la cathédrale, il lui donna des instructions précises avec un billet de cinquante lires.

Sur cette même *piazza* Grande, la maison Sassari, de Turin, avait installé la succursale où

Agnése était provisoirement employée. Connaissant toutes les astuces du métier de vendeuse, elle supervisait ses collègues qui tenaient les rayons des marchandises installés en plein air. Ainsi, la nièce d'Ettore et de Gelsomina put voir un gamin glisser sa main dans la poche du pantalon d'un beau garçon admirant la cathédrale. Elle ne put se tenir, et cria :

— *Signore !* Votre portefeuille !

Le Français ne savait pas exactement si c'était à lui qu'on s'adressait mais par un réflexe naturel, il porta la main à sa poche-revolver, constata la disparition de son carnet de chèques, se retourna, vit le gosse détaler et, incontinent, se lança à sa poursuite. Parfaitement entraîné, Argental rattrapa son voleur au moment où ce dernier se jetait sous les arcades. L'ayant empoigné par le bras, il commençait à secouer le gamin lorsque dans son dos, on demanda :

— Bob Argental serait-il devenu un bourreau d'enfants ?

La surprise fit que le Français lâcha le petit qui en profita pour filer. Argental se retourna.

— Vous ?

— Moi... Pas content de me voir ?

— Ma foi...

A ce moment, Agnése interrompit les deux hommes pour leur présenter le gosse qu'elle leur ramenait.

— *Signori...* voilà votre petit voleur... Voulez-vous que j'appelle un agent ?

Subjugué par la beauté de la jeune fille, Bob ne répondit pas tandis que Prozenski après avoir remercié, ajoutait :

— La police bourgeoise n'a pas à se mêler de nos affaires. Le gosse n'a qu'à rendre ce qu'il a pris...

Le gamin tendit un porte-cartes à Bob qui le prit tandis que le Russe ricanait :

— Pas tellement fort pour un as de votre genre, mon vieux, de se laisser dévaliser par un môme.

Un peu vexé, Argental jeta un coup d'œil sur le portefeuille qu'on lui remettait, sourit et le présentant à Prozenski :

— C'est le vôtre, mon bon !

Anton jura entre ses dents, glissa la main dans l'échancrure de sa veste et constata, en effet, le vide de sa poche intérieure. Aussitôt, il rugit que cet enfant devait être fouetté jusqu'au sang pour apprendre à se conduire honnêtement et qu'une pareille perversion ne se pouvait rencontrer que dans les races dégénérées. Agnése encaissa très mal la remarque :

— Ce sont les Italiens, *signore,* que vous traitez de dégénérés ?

Prozenski marqua un temps d'arrêt. Bob se précipita à son secours :

— Je vous prie d'excuser mon cousin, *signorina,* mais c'est un homme qui ne vit que pour la morale... Il tient pour dégénérés tous ceux qui n'agissent pas conformément aux principes qu'il estime les seuls vrais...

Avant qu'Agnése n'ait pu donner son opinion, le petit lança tout à trac, tout en remettant son carnet de chèques à Bob :

— Ce type il m'engueule et c'est lui qui m'a donné cinquante lires pour chiper le portefeuille de son copain !

Il y eut un instant de gêne et d'incompréhension. Bob fixait Anton avec surprise, Agnése l'examinait, outrée. Quant au Russe qui eût préféré être ailleurs, il tenta de sortir de sa position délicate en protestant qu'il n'avait pas à se justifier devant des représentants de l'impérialisme et que d'autre part, s'il avait voulu jouer une farce au nommé Argental, cela ne regardait que lui.

Le gosse profita de cette minute où les grands s'affrontaient pour déguerpir en vue de dépenser ses cinquante lires auprès du marchand de glaces. Agnèse, furieuse, s'excusa de s'être mêlée, sans y avoir été invitée, à un jeu dont la finesse lui échappait. Elle ajouta qu'elle remerciait vivement les deux hommes de l'avoir rendue ridicule. Bob tenta de l'amadouer.

— *Signorina,* je vous en prie, ne prenez pas les choses ainsi... Je conviens que les plaisanteries de mon cousin ne sont pas toujours du meilleur goût... mais c'est dans sa nature...

Prozenski gronda :

— Dites donc, mon vieux, il ne faudrait tout de même pas...

Sans se soucier de lui, Bob poursuivait :

— ... et de plus, il ignorait que vous seriez mêlée à cette farce stupide... En son nom et au mien, je vous demande d'accepter nos excuses... Vous êtes la première très jolie fille à qui j'ai la chance d'adresser la parole, ici, à Modène... je serais navré que nous nous séparions fâchés.

Agnèse sourit :

— N'en parlons plus... Au revoir, *signore...*

Pour Anton, elle se contenta de le saluer d'un bref signe de tête. Dès qu'elle se fut éloignée, le Russe prit Argental par le revers de son veston :

— Ecoutez, Bob, je n'étais pas décidé à ouvrir tout de suite les hostilités mais je crains que vous ne m'y forciez par votre attitude ! A peine nous rencontrons-nous que vous m'insultez publiquement ?

— Moi ?

— Vous, parfaitement, car je tiens pour une insulte le fait d'être réputé cousin d'un capitaliste français !

— Le capitaliste, c'est moi ?

— Et qui voulez-vous que ce soit, par la Mère de Notre Sauveur ?

— Anton, comme j'aimerais que vous ayez raison !... Mais, hélas ! si je défends l'ordre capitaliste, je ne le suis pas moi-même... et à quoi rimait cette histoire de me faire voler mes papiers ?

— Plaisanterie innocente.

— Avec vous, Anton Vassilievitch Prozenski, il n'y a jamais rien d'innocent !

Le Russe eut un gros rire.

— Vous me flattez, mon bon... Naturellement vous êtes à Modène pour le carnet du professeur Arena.

— Comme vous.

— Seulement, vous, vous l'avez !

— Non, vous !

Ils s'examinèrent, amusés et Prozenski soupira :

— Le jour où vous direz la vérité...

— ... sera le lendemain du jour où vous n'aurez pas menti.

— Argental, j'aurai ce carnet que cela vous plaise ou non.

— Prozenski, vous ne l'aurez pas.

— Me croirez-vous, Bob, si je vous dis que je suis heureux de constater que vous êtes chargé de cette affaire ?

— Je le crois d'autant plus volontiers, Anton, que moi aussi je suis content de vous retrouver en face de moi.

— Cependant, mon vieux, je profiterai de l'occasion pour vous éliminer définitivement. Je le regretterai mais vous me compliquez un peu trop l'existence !

— Votre projet est irréalisable, très cher Anton Vassilievitch !

— Et pourquoi ?

— Parce que c'est moi qui vais vous expédier auprès du barine, votre papa, et de la barina, votre maman !

— Ne me parlez pas de mon papa et de ma maman ; que saint Vladimir et saint Serge les protègent ! Vous m'attendrissez et m'ôtez une partie de mon courage. Ce n'est pas fair play ! Quand commençons-nous ?

— Quoi ?

— La bagarre.

— Tout de suite.

— Bob, vous m'obligeriez si nous remettions l'ouverture des hostilités à demain ?

— Puis-je vous demander pour quelles raisons ?

— Parce que c'est dimanche aujourd'hui et que je préférerais ne point troubler la paix du Seigneur. Mieux, je dois me rendre à l'office et là je pense à tout autre chose qu'à ma mission. Mon salut éternel est plus important, pour moi chrétien convaincu, que le carnet du professeur Arena mais je ne me permets d'être chrétien qu'une fois par semaine.

Lorsque les deux adversaires se furent séparés, Argental retourna sur la piazza Grande dans l'espoir de retrouver Agnése. Il l'aperçut presque tout de suite, se promenant devant les éventaires de la succursale Sassari. Bob s'approcha de la jeune fille :

— *Signorina*... Je désire savoir si vous m'avez

complètement pardonné cette sotte aventure où je n'étais pour rien ?

Agnése, rompue à toutes les ruses des hommes désireux de faire trébucher les vertus rencontrées n'était absolument pas dupe de la manœuvre de son interlocuteur. Mais, Argental ne lui déplaisait pas, et elle se sentait flattée qu'il la trouvât à son goût. Au lieu de l'envoyer promener, elle entama la conversation, imprudence dont elle n'était pas coutumière.

— Ne parlons pas de cette sottise, *signore*... Vous n'êtes pas Italien, n'est-ce pas ?

— Français.

Elle frémit car, en dehors des Italiens, il n'existait rien de plus dangereux que les Français pour les *signorine*. Pendant qu'elle marquait une légère hésitation, Argental en profita pour pousser son offensive :

— Je parle si mal italien que vous vous en seriez vite aperçue ?

— Vous avez un léger accent.

— Si vous acceptiez de m'aider à le perdre, je serais enchanté.

Elle comprit qu'il était grand temps de battre en retraite.

— *Signore*, ce n'est pas mon métier... Je vends des produits italiens à ceux que cela intéresse, je ne leur apprends pas notre langue !

— Je le regrette car je me serais tout de suite inscrit pour une vingtaine de leçons... Mais, même si ce n'est pas votre métier, ne pourriez-vous, pendant vos heures de liberté...

— Je vous en prie, *signore*...

— Je ne puis admettre l'idée que nous nous soyons rencontrés pour ne plus nous voir !

— Je constate que vous connaissez toutes les

formules... Malheureusement, elles ne m'intéressent pas. Adieu, *signore*.

— Vous n'allez pas me renvoyer sans que je sache au moins votre prénom ?

— Pour quoi faire ?

— Pour rêver !

Elle ne put s'empêcher de sourire.

— Agnése.

— Le plus joli prénom que je connaisse !

— Bien sûr... Pas très original, *signore* !

— On n'est jamais original quand on est sincère, *signorina* ! Je vous assure que votre prénom chante en moi comme le murmure d'un ruisseau... J'y devine une gaieté inépuisable, une douceur que rien ne rebute... un prénom pour une femme qu'on aimerait jusqu'à la fin de ses jours.

— Tout cela est très joli et me démontre que vous n'avez rien à apprendre de mes compatriotes, *signore*, mais, je vous serais infiniment obligée de vous éloigner et de me laisser à mon travail.

— Promettez-moi au moins que je vous reverrai ?

— Alors, ce sera par hasard !

Découragé, Argental renonça.

— Ça va, Agnése, j'ai compris. Je tâcherai de me consoler.

— Vous y arriverez, sûrement, *signore*...

Et parce qu'au fond, sans oser se l'avouer, elle était furieuse contre lui et contre elle, elle crut bon d'ajouter :

— ... Vous devez avoir l'habitude !

— Justement, non, figurez-vous... Je n'exerce pas un métier où l'on a le loisir de s'occuper de ce à quoi les autres consacrent l'essentiel de leur temps. Ce qui vient de m'arriver avec vous, me le rappelle, un peu cruellement sans doute, mais pour mon bien. Adieu.

Bob tourna les talons et l'abandonna quelque peu dépitée. Suivant des yeux la silhouette de Bob qui s'éloignait, Agnése vit, au moment où le Français quittait la *piazza* Grande pour entrer dans la *via* Castellari une antique automobile lui foncer dessus de toute la vigueur de ses chevaux essoufflés. La jeune fille poussa un cri d'angoisse tandis que, là-bas, Argental boulait sur le sol. Elle ne put deviner de loin s'il était ou non touché et courut vers lui.

Les badauds entouraient Bob assis sur son séant à même le trottoir et qui essayait de remettre de l'ordre dans ses pensées. Autour de lui, on s'apitoyait sans la plus légère discrétion :

— *Ma qué !* Il a l'air complètement abruti, hé ?

— Faudrait savoir si avant il semblait plus intelligent ?

Une brunette, attendrie, gémit :

— Tout de même un si beau garçon, le voir abîmé par une espèce de vieux fou !

— Vous croyez qu'il a été touché ?

— Et comment voulez-vous que je le sache, hé ?

— Il faut dire qu'il paraît vraiment idiot, le pauvre !

— C'est peut-être naturel ?

L'entrée d'un agent dans le cercle entourant Argental suspendit les conversations. Le représentant de l'ordre se donna le plaisir de savourer pendant deux ou trois secondes ce silence respectueux. Il regarda le Français qui le regarda.

— Exactement, *signore,* qu'est-ce que vous faites ici ?

Cette simple question déchaîna une tempête de cris et de vociférations.

— *Ma qué !* Vous voyez pas qu'il a été écrasé ?

— Qu'il est à moitié mort ?

— Qu'il a dû recevoir un coup sur la tête ?

Un monsieur décoré et sentencieux s'approcha du représentant de l'ordre :

— Vous avez vu son œil ?

— Si j'ai vu son... ?

L'agent se pencha sur Bob.

— Qu'est-ce qu'il a son œil ?

— Un œil d'abruti complet... Le choc... Traumatisme crânien, vraisemblablement avec lésion pariétale du cerveau.

— Vous êtes médecin ?

— Moi ? Non, je suis coiffeur.

— Coiffeur, hé ? *Ma qué !* Et si je vous collais un procès-verbal pour exercice illégal de la médecine ?

Le Figaro préféra ne pas répondre et, fendant l'attroupement, s'y perdit alors qu'Agnése, réussissant à en percer la passivité, surgissait sous le nez du policier.

— Qu'est-ce que vous voulez, vous ?

Agnése était tellement émue qu'elle ne put que tendre la main vers Bob. Radouci, l'agent s'enquit :

— Vous le connaissez ?

Un curieux, outré par tant d'incompréhension, s'exclama :

— *Ma qué !* Ça se voit, non ?

Pendant que le policier demandait à cet importun de quoi il se mêlait et s'il comptait lui apprendre son métier, Agnése aidait Argental à se relever.

— Vous n'êtes pas blessé ?

— Je ne sais pas... et puis je m'en fiche !
— En voilà des idées !
— Si je ne dois plus vous revoir...
— Du chantage ?
D'une voix expirante, Bob supplia :
— Jurez-moi que vous déjeunerez avec moi, sitôt que je serai remis ?
Elle hésita mais il semblait si mal en point...
— D'accord !
— Vous le jurez ?
— Je vous le jure !
Alors, il changea de ton.
— Un miracle, Agnése ! Un miracle ! Je suis guéri !
— Oh ! vous avez osé...
Du côté de l'agent et de ses interlocuteurs, les choses se gâtaient visiblement car d'autres témoins s'étaient portés au secours de celui que le policier admonestait injustement. Bob prit la jeune fille par le bras.
— Filons !
Et c'est ainsi qu'une fois de plus, deux partis se querellèrent farouchement quant au fin mot d'une histoire qui ne s'était pas produite et dont les protagonistes supposés avaient disparu.

Dans le taxi les emportant tous deux vers un restaurant de banlieue, Argental était si heureux de tenir la main d'Agnése dans la sienne, qu'il oublia son métier d'agent secret et ne vit pas la vieille voiture du marquis della Comana s'essoufflant derrière eux. Au début la jeune fille se montra plus que réservée, se plaignant d'avoir été atrocement dupée par un garçon sans foi ni loi ayant profité d'un attendrissement passager qu'elle eût éprouvé envers n'importe qui. Mais, Bob n'était pas de ceux renonçant facilement à leur entreprise. Durant tout le trajet, il s'ingénia à rassurer Agnése sur ses intentions en même temps qu'il essayait de lui prouver la responsabilité du destin l'ayant placée sur sa route car elle s'affirmait la femme de sa vie. Sa mauvaise humeur dissipée, assez forte pour n'avoir pas à craindre des suites fâcheuses, la nièce de Bronzolo commençait à s'amuser pour de bon.

— Je croyais, *signore,* mes compatriotes les plus menteurs quand il s'agissait de parler aux femmes mais, franchement, j'ai l'impression que vous êtes encore plus menteur qu'eux !

En vérité, ils n'étaient sincères ni l'un ni l'autre. Ils se plaisaient, ils se sentaient heureux parce qu'il faisait beau, ce qui la poussait, elle, à jouer les coquettes, lui, les passionnés. Mais, tout doucement, Bob se prenait à son personnage et Agnése riait un peu moins fort, un peu moins souvent, pour écouter vibrer en elle des paroles vieilles comme le monde et qu'elle s'imaginait être la première à entendre. D'un ton lyrique, le Français passait à la mélancolie raisonnante.

— Voyez si la vie est pleine de surprises, Agnése... Je connais assez bien l'Italie, sauf Modène et Bologne dans le Nord... Je ne sais pourquoi mais je n'étais pas attiré par ces deux villes. Pourtant, c'est à Modène que je devais vous rencontrer, c'est à Modène que toute mon existence va changer selon que vous déciderez de me revoir ou non...

— Vous vous laissez prendre au sortilège des mots, *signore... Signore* dont je ne sais même pas le nom ?

— Argental... Robert Argental... Bob, pour mes amis... Pour vous, si vous le voulez bien ?

— Et... que faites-vous dans la vie... Bob ?

— Représentant en articles de Paris... Je voyage pour une grande maison de la capitale. Je n'ai pas apporté mes échantillons car je suis en tournée d'inspection.

— Vous avez de la chance d'habiter Paris...

— Modène est évidemment plus calme.

— Je ne suis ici que pour quelques jours... D'ordinaire, je vis à Turin.

— Oh ! Mais alors, vous aussi vous avez de la chance !

Agnése avait dit à Bob qu'autrefois, existait une auberge sur la route de Ferrare, du côté de Nonantola, où l'on pouvait manger de la cuisine du pays et boire un « Lambrusco » honnête.

L'auberge était toujours là, accroupie au milieu d'un jardin rempli de fleurs et d'arbres fruitiers, ce qui mettait, autour de la maison, une écharpe d'abeilles dont les clients feignaient d'avoir peur et que le patron, Marcello, appelait ses filles.

Della Comana arriva chez Marcello quelques secondes seulement après Agnése et Bob. La jeune fille entra la première dans le restaurant, saluée par le gros Marcello qui ne se dérangeait du comptoir où il trônait que lorsqu'une jolie femme apparaissait. Je sais bien, confiait-il à ses amis, c'est sans espoir, mais je me donne l'illusion... et à mon âge, l'illusion, c'est tout ce qu'il me reste avec assez de souvenirs pour ne pas regretter d'être obligé de me contenter de l'illusion. Le patron puisait sa sagesse dans le vin de Gattinara qu'il faisait venir des bords du Lac Majeur. Certains prétendaient qu'il en usait de plus en plus.

Pendant que Marcello conduisait cérémonieusement Agnése à la table qu'il lui destinait, Bob s'en fut poser son chapeau à un vestiaire rustique dont la partie supérieure s'ornait d'une glace. Ce fut dans cette glace que le Français aperçut un bras passant à travers la fenêtre sise dans son dos et, au bout de ce bras un pistolet muni d'un silencieux. En homme habitué à ne jamais se poser de questions avant d'agir, il pivota sur lui-même puis plongea vers le sol en direction d'Agnése, entraînant dans le mouvement un quinquagénaire qui prit très mal la chose.

Annibale della Comana une fois encore avait manqué Argental. Il se retira vivement, trotta jusqu'à la porte de derrière et pénétra dans l'auberge au moment où Agnése dressée regardait Bob étendu à ses pieds tandis que Marcello, contemplant son hôte, demandait à la jeune fille :

— Le *signore* aime à plaisanter si je comprends bien, *signorina* ?

Dédaignant de fournir des explications, Argental se précipitait dans le jardin sans se douter que l'homme ayant voulu le tuer était ce petit vieillard tiré à quatre épingles qui commandait des *spaghetti alla genovese.* Naturellement, Bob ne trouva rien au-dehors pouvant le mettre sur la piste du tueur. Rentrant, dépité, il se heurta au Modènais qui, mal remis de sa chute, entendait voir réparer sous les yeux de son épouse l'affront infligé.

— *Signore !* Puis-je vous prier de me donner les raisons de votre inqualifiable conduite ?

— Un geste involontaire...

— Vous mentez ! Vous vous êtes jeté sur moi ! Vous vous êtes livré à une véritable agression !

— D'accord... Et puis après ?

La femme du Monsieur furieux intervint.

— Calme-toi, Geronimo... Laisse donc cet individu tranquille... Ce sont les mœurs d'aujourd'hui !

Il se croit fort parce qu'il bouscule un homme de ton âge !

Mais Geronimo se sentant soutenu par l'opinion publique, perdait un peu la tête.

— Savez-vous que je serais encore de taille à vous corriger, jeune homme ?

Le gros Marcello projeta sa masse entre les deux adversaires.

— Allons, allons, un dimanche, *signori* !... Vous y pensez ? Je suis persuadé qu'il s'agit d'un malentendu.

Geronimo ricana :

— Un malentendu ? Vous en avez de bonnes, vous ! Ce type me saute dessus, me jette au sol et vous appelez ça un malentendu !

Marcello se gratta la nuque qu'il avait épaisse.

— Evidemment... et vous, *signore,* vous ne pouvez vraiment pas nous confier pourquoi vous vous êtes jetés sur ce *signore* ?

— ... Pour lui sauver la vie.

Il y eut un très court moment de stupeur devant une pareille effronterie. Geronimo se mit littéralement à barrir tant l'indignation le suffoquait. Il appela sa femme à la rescousse :

— *Ma qué !* Tu l'entends, Antonietta ? Me sauver la vie ! Il est soûl, il se fout de moi ou quoi ? Qui donc en voulait à ma vie ?

— Pas à la vôtre spécialement mais on me tirait dessus. J'ai craint que vous vous trouviez sur la trajectoire de la balle... Voilà tout. Pas besoin d'en faire un drame.

— Et il veut me donner des leçons, à présent, Antonietta !

Marcello sentait la colère lui monter au nez.

— Tous ceux me connaissant vous diront que j'aime bien la plaisanterie mais il y a des limites !

Et prétendre que chez moi on se tire des coups de revolver comme à Chicago, ça, *signore,* je ne le supporterai pas !

Estimant son adversaire écrasé par le renfort de l'aubergiste, Geronimo se montra magnanime.

— *Ma qué,* Marcello, ne vous énervez pas, hé ? Ce garçon a voulu être admiré de cette belle *signorina* qui nous regarde avec des yeux féroces... Allez, *signorina,* on vous le rend votre Romeo et, pour cette fois, on ne lui allongera pas les oreilles mais veillez à ce qu'il ne recommence plus, hé ? Tirer dessus... On se demande où il va chercher ça !

Tout en exprimant ces remarques, Geronimo prit son chapeau accroché au vestiaire et, subitement, resta raide d'émotion, la bouche ouverte, incapable d'articuler un mot. Affolée par cette attitude soudaine et incompréhensible, Antonietta se précipita :

— *Ma qué !* Geronimo qu'est-ce qu'il t'arrive ?

Sans répondre il lui tendit le chapeau, en passant un doigt par le trou dans la coiffe. Elle ne comprit pas tout de suite.

— Qu'est-ce que c'est que ce trou ?

— Une... une... balle.

Et, dans un grand fracas, il s'effondra, évanoui.

Annibale della Comana ne tenant pas à être repéré par le Français, téléphona pour qu'on lui envoie Lampagnini.

Pendant le repas, Agnése se laissa difficilement convaincre que les fous erraient en liberté autour de Modène au point qu'on risquât de se faire tirer dessus en mangeant la *costa di bue alla fiorentina* [1], spécialité de Marcello. D'autre part, en

1. Côte de bœuf grillée.

dépit des efforts de Bob acharné à la convaincre qu'elle se perdait dans les fantasmagories, la jeune fille se persuadait que pour la seconde fois, en moins d'une heure, on venait d'attenter à la vie de son compagnon. Elle n'aurait jamais pensé que la concurrence fût telle dans l'Article de Paris, qu'on en arrivât à des mesures aussi extrêmes. De son côté, Argental estimait que Prozenski, en dépit de sa promesse, cherchait à l'éliminer le plus vite possible.

***

Les préoccupations des deux jeunes gens étaient telles qu'ils pensèrent peu à badiner. Simplement, Agnése s'aperçut avec quelque confusion que les dangers courus par son compagnon la touchaient plus que de mesure. Au fond, que savait-elle de ce garçon ? Rien, et elle s'en voulait de s'être laissé prendre à une ruse grossière destinée à lui arracher son consentement. Mais, avait-elle vraiment été aussi dupe qu'elle se plaisait à se le répéter ? Quant à Bob, repris par son métier, il oubliait son rôle de séducteur et réfléchissait beaucoup plus à la manière dont il devrait s'y prendre pour tenter d'éliminer Prozenski, plutôt qu'à conter fleurette à l'adorable Italienne assise en face de lui. Par la faute du Russe, ce déjeuner devenait un échec. L'ambiance même n'y était pas car Marcello rendait, intérieurement, Argental responsable du scandale ayant eu lieu dans son établissement et ne se mettait pas en frais pour le satisfaire, encore moins pour le retenir.

Agnése devant reprendre son travail à quatorze heures, elle regagna Modène avec Bob. Ils s'offrirent le luxe d'une dernière petite promenade, l'un et l'autre conscients qu'il s'agissait effectivement de la dernière, avant de gagner la *piazza* Grande. Ils passaient dans une vieille rue lorsque Agnése poussa un léger cri de surprise. Se penchant, elle montra la catastrophe au Français : son bas avait filé de telle façon qu'il s'affirmait impossible, pour elle, de reprendre sa tâche sans se changer. Heureusement, Agnése connaissait dans la *via* Mandatora proche, une bonne femme qui tenait boutique de frivolités et ne fermait pratiquement jamais son magasin. Ils se rendirent dans la rue indiquée où la jeune fille pria Bob de bien vouloir l'attendre dehors car elle n'entendait point que, par sa seule présence dans une pareille boutique, il la compromît.

Demeuré seul, Argental commença à faire les cent pas puis augmenta la longueur de ses allées et venues sur le trottoir jusqu'au moment où, passant devant le porche d'une vieille demeure, il crut qu'une pierre de l'édifice, s'étant détachée, lui tombait sur la tête. Avant de perdre connaissance, il eut le temps de penser qu'il mourait de la plus stupide des morts.

Lampagnini tira à lui le corps inanimé du Français, ne tenant pas à le poignarder sur le trottoir où, en dépit du repos dominical, quelqu'un pouvait passer. Toutefois, il ne put achever son geste car un cri de femme, suraigu, le cloua sur place et il estima préférable de sacrifier d'abord à la prudence. Certain de retrouver l'agent secret quand il le voudrait, il se sauva par la cour de l'immeuble et se perdit vite dans un dédale de passages et de venelles où nul n'aurait songé à le poursuivre. Agnése avait crié lorsqu'en sortant du magasin, elle avait repéré les pieds de Bob sortant de l'ombre d'une porte cochère. Immédiatement, elle crut à un nouvel attentat qui, cette fois, vu la position du corps, semblait avoir réussi.

La nièce de Bronzolo n'attendit pas une aide aléatoire et se précipita. Elle fut soulagée de constater que le sang maculant le visage de Bob provenait d'une coupure du cuir chevelu. D'autres personnes arrivèrent auprès d'elle et acceptèrent d'interrompre leurs gémissements et leurs discussions pour l'aider à porter Argental chez le pharmacien de garde le plus proche.

Le pharmacien banda la tête du Français après avoir nettoyé la plaie et conseilla vivement au blessé d'appeler un docteur pour être certain qu'il ne souffrait pas d'une fracture du crâne. Il ajouta qu'il lui paraissait indispensable de signaler cet attentat à la police. Tenant à régler ses comptes seul, Bob ne désirait nullement mêler la police à ses histoires. Pour apaiser la curiosité du pharmacien, il lui chuchota que les parents d'Agnése lui avaient interdit de sortir en sa compagnie. Si la police se mêlait de l'affaire, la présence de la jeune fille serait mentionnée et l'on ne pourrait éviter le drame. Agnése et lui risqueraient d'être séparés à jamais. En bon Italien, le pharmacien frémissait dès qu'on lui parlait d'amour. Il jura à Argental qu'il pouvait compter sur sa discrétion. Il lui souhaitait d'épouser au plus tôt celle qu'il aimait afin qu'elle lui donnât le plus vite possible des tas de bambini.

De nouveau dans la rue, Agnése consulta sa montre et s'inquiéta :

— Je n'ai plus beaucoup de temps mais je ne puis vous laisser seul, dans cet état... Où logez-vous ?

Bob protesta qu'il se sentait capable de rentrer

sans l'aide de personne, mais sa compagne ne l'entendait pas de cette oreille.

— Non, non ! Je veux voir comment vous êtes installé et appeler le docteur... avant de revenir à votre chevet sitôt que j'aurai terminé mon service. Donnez-moi votre adresse. J'appelle un taxi !

Le Français, pour rien au monde, n'aurait donné l'adresse de Bronzolo de crainte de le brûler. Il balbutia :

— Je... je ne me... rappelle plus.

Elle le regarda, un moment incrédule puis s'exclama :

— *Ma qué !* C'est le coup que vous avez reçu... Il est impossible que vous demeuriez dans cet état.

Le taxi appelé se rangea près d'eux. Agnése aida son compagnon à y monter, prit place à ses côtés et déclara :

— Ecoutez, Bob... Je vous conduis chez mon oncle. Je suis certaine qu'il vous hébergera le temps qu'un médecin vous examine, après on avisera !

Et elle lança au chauffeur :

— Au bout de la *via* Cesare Costa, dans San Cataldo.

Argental jugea que c'était là une étrange coïncidence, l'oncle de la petite et Bronzolo demeurant dans la même rue. Il s'enquit d'une voix ténue.

— Vos parents habitent loin...

— San Cataldo est un quartier populaire, très animé. C'est pourquoi mon oncle et ma tante y demeurent... Tout le monde les connaît là-bas et l'on dit que mon oncle Ettore est le roi du *zampone !*

— Le roi du...

Elle rit.

— ... Parce qu'il est charcutier. De l'avis des

connaisseurs, il n'y a pas meilleure charcuterie dans tout Modène que celle faite par Ettore Bronzolo, mon oncle !

Bob ne put s'empêcher de rire. Agnése s'en vexa et demanda d'un ton pointu :

— Vous pensez que j'exagère ?

— Pas du tout !

— Alors, pourquoi riez-vous ?

— C'est l'idée d'aller chez votre oncle...

— Je ne vois pas qu'il y ait là quelque chose d'amusant ?

— Si... parce que j'adore la charcuterie ! Je suis persuadé que celle de votre oncle me plaira infiniment.

Il ferma les yeux pour ne plus avoir à répondre à des questions risquant de devenir embarrassantes. Agnése, apitoyée, craignit qu'il n'ait été plus gravement atteint qu'elle ne l'avait cru sur le moment.

CHAPITRE IV

Le dimanche après-midi, Ettore laissant sa femme goûter un repos bien gagné tout au long de la semaine, s'en allait jouer aux cartes avec son ami Giorgio Locri, en buvant du Lambrusco. Il avait accoutumé de rentrer vers les cinq heures, histoire de montrer à son épouse ses qualités de bon mari et souvent, ils partaient tous deux dîner dans Modène chez Fini, à la *Piazzale* S. Francesco, où l'on mange des *tortellini* que Bronzolo tenait pour les meilleurs de toute l'Emilie. Ettore, d'ordinaire, ne supportait pas qu'on pût mettre en doute l'incontestable supériorité de son *zampone,* mais il reconnaissait, dans l'intimité, que seul le *zampone* de Fini pouvait être comparé au sien. Ce soir-là lorsque le charcutier pénétra chez lui, le sourire aux lèvres, le regard allumé par une certaine quantité de Lambrusco, il s'étonna de ne pas voir tout de suite sa femme. Il l'appela avec des bruits de gorge rappelant assez le roucoulement du pigeon amoureux.

— Gelsomi... na ?

A sa grande surprise, la porte de la chambre d'ami s'ouvrit et la *signora* Bronzolo apparut, l'air un tant soit peu égaré. Tout de suite, Ettore se sentit mal à l'aise et flaira de l'insolite.

— Quelque chose qui ne va pas, Gelsomina ?

En réponse, elle se contenta de porter un doigt à ses lèvres et de faire signe à son mari de la suivre. Impressionné, ce dernier obéit sans discuter et ne se rendit même pas compte qu'il marchait spontanément sur la pointe des pieds.

Dans le salon, Gelsomina mit son époux au courant de l'incroyable aventure du début de l'après-midi. Un taxi s'arrêtant devant leur porte, Agnése en sortant affolée, courant vers sa tante pour lui apprendre qu'elle lui amenait un blessé, la suppliant d'appeler un médecin et d'héberger ce pauvre garçon jusqu'à son retour. Elle n'avait pas eu le temps de donner des explications et était repartie dans la voiture qui l'attendait, laissant Gelsomina avec un blessé étendu sur le lit de la chambre d'ami. Ettore s'étonna :

— Dans la chambre d'ami ? Et le Français ?

— Justement !

— *Ma qué !* Justement ! Qu'est-ce que ça veut dire, justement, hé ?

— Le blessé, c'est le Français !

— Non ?

— Si !

Alors, lui non plus ne comprit pas. Des questions se pressaient en foule dans leurs esprits en déroute : comment Agnése et Argental se connaissaient-ils ? Qui avait attaqué le Français ? Ils frissonnaient à l'idée du danger couru par leur nièce sans s'en douter.

— Il est gravement atteint ?

— Non, grâce à la Madone ! Le docteur Noveli l'a bien examiné. Il lui a mis des agrafes dans le cuir chevelu. Il pense que demain il pourra se promener comme tout le monde. Il croit qu'il a reçu un coup de matraque sur le crâne.

En somme, Argental avait eu moins de chance qu'Ettore. Le charcutier sentait un vent de panique l'envahir à l'idée que les « autres » épiaient ses moindres gestes afin de les éliminer, le Français et lui. Ainsi qu'il le faisait chaque fois qu'un événement grave le préoccupait, Bronzolo s'en fut chercher la bouteille de grappa.

Vers dix-huit heures, Bob se réveilla et tout de suite, à part une certaine lourdeur de tête, se jugea en assez bon état. Il appela. Les Bronzolo se présentèrent à son chevet, l'œil sévère. Il leur sourit. Ils demeurèrent de glace. Croyant les amadouer, il demanda :

— Agnése est-elle de retour ?

Ettore avança d'un pas et, très raide, s'enquit :

— *Signore,* je vous rappelle que c'est avec moi que vous devez collaborer et non avec toute la famille ! Je vous prie, je vous ordonne de laisser ma nièce tranquille !

Gelsomina vint à la rescousse :

— D'abord, comment connaissez-vous Agnése ? Et qui vous permet de l'appeler Agnèse ?

— Ce n'est pas son prénom ?

— Si, mais ce n'est pas une raison !

— Tiens, j'aurais cru...

Force fut cependant à Bob de raconter de quelle manière il avait lié connaissance avec Agnése, les trois attentats dont il avait été victime sur la *piazza* Grande, à l'auberge de Marcello et enfin dans cette rue dont il ne se rappelait plus le nom. Il termina en demandant à ses hôtes de ne pas mettre leur nièce au courant, et leur avoua s'être fait passer à ses yeux pour un représentant en articles de Paris. Il persuada Bronzolo de dire à Agnése qu'il était allé chercher les bagages de Bob à son hôtel car il ne se sentait pas le cœur de le renvoyer dans l'état où il se trouvait. Argental conclut sa harangue en jurant au charcutier que Prozenski l'avait abominablement roulé. Il se promettait, sitôt rétabli, de prendre sa revanche. Si le charcutier parut à peu près convaincu, il n'en fut pas de même de Gelsomina.

— Entendons-nous bien, *signore* ! Vos histoires avec mon mari, elles ne regardent que vous deux et je ne tiens pas à m'en mêler, mais en ce qui concerne Agnése, alors là, je dis : minute ! Je vous prie de laisser ma nièce en paix ! C'est une jeune fille et je ne permettrai à personne de lever les yeux sur elle autrement que pour le bon motif. Rappelez-vous bien ça, parce que je vous jure que si jamais vous vous permettez de mal vous conduire avec la petite, alors Service Secret ou pas, moi, je vous massacre, hé !

Sur ces fortes paroles, elle quitta la place laissant les deux hommes sans réaction et un brin admiratifs.

Etant à l'âge où aucune générosité ne peut surprendre, Agnése accepta fort bien que son oncle et sa tante hébergeassent un garçon dont ils ne savaient rien et qu'Ettore ait poussé la complaisance jusqu'à aller chercher les bagages du Français à l'hôtel où il résidait. Le charcutier, légèrement embarrassé, tenta de s'expliquer :

— Tu comprends, ta tante m'a raconté que tu semblais si bouleversée... que tu paraissais t'intéresser tellement à ce garçon que j'ai cru bien agir en le gardant chez nous pour le soigner.

En réponse, Agnése sauta au cou de son oncle. Gelsomina comprit alors que sa nièce aimait Argental. Elle se promit d'ouvrir l'œil et le bon. La conversation se termina sur cette remarque de la jeune fille :

— Vous auriez cru, vous, que l'article de Paris était un métier aussi dangereux ?

Elle était trop heureuse pour prêter attention à la mine de ses parents.

⁂

Une heure plus tard, juste avant de passer à table, Argental se glissa avec la permission et la complicité d'Ettore, dans la charcuterie d'où, par téléphone, il appela la boutique d'Angelo Corno auquel il demanda Prozenski. Lorsque le Russe fut en ligne, Bob épancha sa bile.

— Anton Vassilievitch ?

— Oui.

— Ici, Bob Argental.

— Qu'est-ce que vous voulez, impérialiste ?

— Vous dire que je vous tiens pour le plus parfait salaud que jamais Service Secret ait connu !

— Vous êtes fou ou quoi ?

— Oui et non, ce matin, m'avez-vous proposé une trêve de vingt-quatre heures ?

— Sans doute.

— L'ai-je respectée ?

— Je le pense. Pourquoi ces questions ?

— Ecoutez, Argental...

— Assez !

— Non mais !...

— Taisez-vous, traître ! A peine nous étions-nous séparés, ce matin, qu'un de vos hommes essayait de m'écraser au volant de sa voiture ! Une heure plus tard, l'un des vôtres me tirait dessus dans une auberge de Nonantola et enfin, un autre m'a assommé dans une rue de Modène. Présentement, je suis couché avec des points de suture sur le crâne et une partie de la tête rasée ! Alors, écoutez-moi bien Anton Vassilievitch : vous êtes une ordure ! Je vous ferai payer très cher votre félonie !

Sur cette promesse, Bob raccrocha. A l'autre bout du fil, pâle comme un mort, Prosenski agit de même et se tourna lentement vers ses compagnons. Des gouttes de sueur perlaient à son front. D'une voix basse, sourde, il lança :

— Salauds !... Fils de chiens !... Bâtards de moujiks !...

Ils s'attendaient à tout sauf à ça et demeurèrent sans la moindre réaction.

— Par Notre Dame de Kazan ! Qui a pris l'initiative de s'attaquer au Français ?

Nul ne répondit. Prozenski se jeta sur Stoupizine, l'empoigna par le revers de sa veste, le souleva au-dessus du sol et son nez touchant presque celui de sa victime, il hurla :

— Si c'est toi, Vladimir Mikhaïlovitch, je t'étrangle !

Suffoqué, Stoupizine ne put répondre. Lorsque Prozenski le relâcha, il tomba sur le sol et mit un temps à retrouver son souffle. Quand enfin, il parvint à émettre un son, il croassa :

— Vous regretterez, camarade, d'avoir traité de cette abominable manière un vieux bolchévique !

Prozenski eut un rire énorme.

— Tais-toi, petit frère, tu vas me faire peur ! Et le respect, camarade ? Qu'est-ce que tu en penses ? Faut-il t'en rapprendre les règles essentielles ?

D'un solide coup de pied dans les côtes, qui arracha des sanglots à son adversaire, Prozenski obligea Stoupizine à se relever.

— Et maintenant, vous déciderez-vous à me dire lequel a essayé de tuer le Français à trois reprises, aujourd'hui ?

Ils se regardèrent les uns les autres, ne comprenant pas la question qu'on leur posait. Salvatore Olbia affirma avoir passé son après-midi au match de football, Umberto Cirigliano jura être resté en famille, Gesù Sangro avait déjeuné avec une amie à Parme et Stoupizine était demeuré parmi ses chers dossiers comme Angelo Corno pouvait en témoigner. Prozenski les fixa sévèrement l'un après l'autre avant de conclure :

— Ou vous mentez ou vous ne mentez pas. Si vous mentez, vous le paierez car le Français me semble décidé à exercer des ravages... Si vous ne mentez pas, c'est lui qui ne dit pas la vérité. Pourquoi ? Parce qu'il a des scrupules comme tous les colonialistes-impérialistes jugeant sans cesse nécessaire de justifier leurs actions les plus viles par des attendus plus ou moins moraux. Alors, camarades, attention ! Je connais Argental. C'est un dur qui a le pistolet rapide. Conseil : si vous le rencontrez, tirez les premiers. Vladimir Mikhaïlovitch tu serais bien inspiré de montrer de nouveau à ces moujiks le visage de Bob Argental. Leur mémoire risque de leur sauver la vie.

Sur ce conseil, Anton Vassilievitch Prozenski se retira dans la chambre du petit hôtel qu'il habitait, se coucha et, après avoir déposé une bouteille de vodka sur sa table de chevet, ouvrit son Pouchkine qui ne le quittait jamais.

***

A San Cataldo, chez les Bronzolo, on se mit à table et les hôtes d'Argental. écoutèrent Bob leur parler de Paris. Seule, Gelsomina refusait de se laisser envoûter par le conteur et surveillait les réactions d'Agnése. Plus l'heure avançait et plus la charcutière se persuadait que sa nièce était amoureuse du Français. Elle se demandait si elle serait assez forte pour protéger la petite contre les entreprises de ce beau parleur.

***

Dans l'arrière-cour de la maison de la via Nazaro Sauro, Annibale della Comana en présence d'Adda Vetulonia et d'Ercole Lampagnini, commentait les trois échecs subis dans leurs tentatives faites pour éliminer Argental.

— Ce garçon me paraît le plus redoutable de tous, mes amis. Puisque nous ne sommes pas parvenus à l'abattre par la force, nous emploierons la ruse. Ayez confiance nous sauverons Modène ! Et maintenant, si vous le voulez bien, pour nous seuls, nous allons jouer l'ouverture del *Signor Bruschino.*

Les voisins sur le moment de s'endormir, prêtèrent l'oreille aux sons grêles provenant de l'arrière-cour, se retournèrent dans leur lit et avec un sourire attendri confièrent à leur conjoint :

— Les petits vieux qui courent après leur jeunesse.

Loin de se douter que lesdits petits vieux s'apprêtaient à commettre plus de meurtres qu'il n'y avait de cordes à leur mandoline.

***

Le lendemain matin, Bob se rasait lorsque soudain, une idée lui traversant l'esprit, suspendit son geste. Tout plein du sujet le préoccupant, il ne pensa plus à rien d'autre, s'essuya rapidement le visage, sortit de sa chambre et s'en fut frapper à la porte d'Agnése. La jeune fille se réveillait. Elle crut que sa tante, ainsi qu'elle en avait l'habitude, lui apportait son petit déjeuner. Aussi d'une voix ensommeillée, la convia-t-elle à entrer. Mais lorsqu'elle vit Bob s'encadrer sur le seuil, elle s'assit vivement et ramena le drap vers son menton. S'attendant au pire, rendue muette par la surprise, elle regarda le Français refermer la porte derrière lui, s'asseoir sur son lit en déclarant :

— Agnése, excusez-moi de vous déranger, mais j'ai besoin de savoir quelque chose.

Aussitôt le cœur de la nièce des Bronzolo s'emballa. Certaine d'entendre la première vraie déclaration d'amour qu'on lui eût jamais adressée, elle retrouva l'usage de la parole pour chuchoter :

— Est-ce vraiment si urgent que cela ?

— J'ai besoin d'être fixé.

Elle ferma à demi les yeux de plaisir. Cet enthousiasme, cette inquiétude, cette passion, pour tout dire, lui offraient des instants qu'elle n'oublierait jamais. Evidemment, tout allait bien un peu vite mais une fille persuadée de rencontrer l'Amour ne se pose guère de questions et se défend de juger. Dans un souffle, Agnèse invita le Français à s'expliquer.

— Je vous écoute, Bob... de tout mon cœur...

Elle fut bien un peu choquée lorsqu'il s'assit sur son lit, surtout qu'il était en robe de chambre et en pyjama avec des babouches aux pieds, mais quand il lui prit la main, elle se sentit littéralement fondre.

— Agnése, je vous en prie, faites un effort de mémoire ?

— De mémoire ?

— Hier matin, sur la piazza Grande...

Elle dit oui avec un vibrato de la gorge la transformant en victime consentante.

— ... Quand nous nous sommes séparés.

— Et alors ?

— Avez-vous vu le bonhomme qui conduisait l'auto qui m'a foncé dessus ?

Agnése resta un moment sans voix et puis éclata d'un rire désespéré, un rire où passait toute sa désillusion. Ce fut ce rire que Gelsomina, apportant le plateau du petit déjeuner, entendit de l'autre côté de la porte. Elle se méprit sur le timbre et sur la signification. En Piémontaise prompte aux colères, elle ouvrit d'un élan. Devant le tableau s'offrant à elle, elle manqua lâcher sa charge. Elle n'eut que la force d'exaler une supplique un peu particulière :

— *Ma qué* ! Santa Madonna donnez-moi le courage de ne pas les tuer tous les deux, ces sans honte !

Prise d'un fou rire nerveux, Agnése ne s'arrêtait plus tandis que Bob, incompréhensif, ne voyait pas ce qui motivait la fureur de son hôtesse. Celle-ci, ayant posé son plateau, fonça sur Agnése et lui administra une paire de gifles qui calma instantanément la jeune fille. Argental ayant voulu s'interposer eut droit à un aller et retour solidement assené qui le renvoya sur le lit pendant que la *signora* Bronzolo ouvrait les vannes de son indignation :

— Un Français ! Me faire ça à moi ! *Ma qué !* Je m'en doutais ! Seulement, cet abruti d'Ettore le jour où il comprendra quelque chose à quelque chose, les poules auront des dents ! Un sale individu voilà ce que vous êtes ! Vous entendez ? Et toi, Agnése, tu es la dernière des dernières ! Si je me retenais pas, je t'étranglerais ! Tu as déshonoré toute la famille ! Les vieux, ils se lèveraient de la tombe pour venir te cracher au visage que je n'en serais pas étonnée ! Mais qu'est-ce que j'ai fait au Seigneur pour qu'il me donne une nièce dépravée et un mari idiot ?

Bronzolo entra juste pour recevoir cette aimable définition de sa personne. Il réagit vigoureusement :

— Je te remercie, Gelsomina, de parler ainsi de moi quand je ne suis pas là et en présence d'un étranger !

— Un étranger ? Malheureux ! Il l'est plus tellement étranger, va... On peut même dire que maintenant, il appartient à la famille ! Sainte Mère de Dieu, prenez-moi en Votre pitié que mon sang, il se tourne en eau !

Le brave charcutier ne comprenait toujours pas à quoi rimait le délire désespéré de sa femme ne permettant ni à sa nièce, ni à Bob de placer un mot. Ettore réussit pourtant à se faire entendre :

— *Ma qué !* Gelsomina ! Tu es folle ou quoi, hé ?

— Regarde-les donc, imbécile ! Tu vois dans quelle tenue ils sont et dans la chambre d'Agnése !

Alors, tout s'éclaira pour Bronzolo. Sans prendre la peine de réfléchir, il empoigna la chaise proche de lui en manisfestant la nette intention de l'abattre sur le crâne d'Argental, faux ami et mauvais hôte. Sa femme, d'un cri, suspendit son geste meurtrier :

— Pas sur la tête, il a des points de suture !

Cette recommandation ôta au charcutier toute velléité de vengeance tandis que Bob, prenant enfin conscience de l'incongruité de sa démarche, s'excusa. Pour qu'on le crût complètement, il redemanda à la jeune fille si elle se souvenait du type conduisant la voiture sous laquelle il avait failli passer.

— Il me semble qu'il s'agissait d'un petit vieux... D'ailleurs j'ai entendu un témoin affirmer que le chauffeur était encore plus âgé que sa voiture... Pourquoi ?

— Moi aussi, sans y prêter autrement attention, j'ai aperçu un vieillard... et chez Marcello... je crois avoir revu le même petit vieux...

— Et vous pensez que c'est lui que vous aurait tiré dessus ?

— C'est possible, non ?

Gelsomina et Ettore ramenés aux réalités de la guerre secrète ne pensaient plus à des tentatives amoureuses de la part de leur hôte. Ils ne voulaient pas qu'Agnése fût mêlée à ces horreurs, Agnése qui les prenait à témoin de ces mœurs incroyables :

— Vous auriez pensé que pour vendre des articles de Paris, on en arrivait à de pareilles extrémités ? Et si on en parlait à la police ?

— Je suis étranger, Agnése... La police, dans tous les pays du monde, n'aime guère les étrangers. On m'écoutera, on ne me croira pas et on me conseillera vivement de retourner en France.

— Ne serait-ce pas plus sage ?

— Sans doute, seulement je ne vous verrai plus.

Un pareil argument enlevait à la jeune fille toute faculté de raisonnement.

*
* *

L'atmosphère de la maison Bronzolo revenue

à l'optimisme, Gelsomina et son mari descendirent au magasin où arrivaient les premières clientes, ménagères matinales ; Agnése procéda à sa toilette avant de gagner la piazza Grande pour reprendre son service ; quant à Bob, persuadé de n'avoir à lutter que contre les seuls Soviétiques, il dressait ses plans dont le but visait à reprendre à Prozenski le carnet noir du professeur Arena. A moins qu'un troisième larron... ? Mais pour quelles raisons s'en prendrait-on à lui ? Penserait-on qu'il détenait les documents italiens ? Dans ce cas, cet adversaire encore sans visage devait être, comme Argental, un nouveau venu.

Tout en marchant tranquillement en direction du centre de la ville, Argental demeurait sur ses gardes, les trois attentats dont il avait été victime ou failli être victime la veille, lui avaient rendu toute sa prudence. Cependant, la prudence la plus sourcilleuse ne saurait tout prévoir. C'est ainsi que sans se douter de ce que ce choix allait déclencher, Bob emprunta une vieille rue où les Italiens au service de Prozenski s'étaient donné rendez-vous. Or, Gesù Sangro, en retard, se hâtait pour rejoindre ses amis lorsqu'il se trouva face à face avec Argental. Tout de suite il le reconnut et dut se maîtriser pour passer à côté du Français sans manifester la moindre émotion. Mais, sitôt qu'il se fût légèrement éloigné de Bob, il courut jusqu'au café où Salvatore Olbia et Umberto Cirigliano l'attendaient. Bientôt, les trois hommes se lançaient sur les traces de Bob.

Songeant toujours à ce petit vieux dont il se persuadait de plus en plus qu'il se trouvait à l'origine des attaques menées contre lui, Argental décida de retourner chez Marcello.

Dans le taxi l'emmenant sur la route de Nornantola, Bob essayait de mettre de l'ordre dans ses idées. Si les Russes ne l'avaient pas attaqué, à qui pouvait-il attribuer ces menées meurtrières ? Il s'avérait difficile de croire à la culpabilité des Anglais ou des Américains. Les Chinois ? Ils se trouvaient bien loin et sans doute fort peu au courant de ce qui se passait à Modène. Alors ? Brusquement, Argental prit conscience qu'une voiture le suivant et s'apprêtant à le doubler, représentait un danger imminent ; sans savoir pourquoi, il se baissa et cria au chauffeur de s'arrêter sur un ton tel que le pauvre homme croyant à un accident freina de toutes ses forces. Au même moment, Gesù Sangro sortant le buste par la portière de la voiture que conduisait Salvatore Olbia, cria :

— Avec les amitiés du camarade Prozenski !

En même temps, il arrosait de sa mitraillette le taxi d'Argental. L'auto des Italiens disparut dans la poussière. Bob ayant son pistolet en main, sauta sur la route mais ses agresseurs ne revinrent pas. Le Français respira mieux en constatant que son chauffeur ne paraissait pas être atteint. Il lui tapa sur l'épaule :

— Ça va, vieux ?

L'autre leva vers lui un regard plein d'une naïveté profonde.

— *Ma qué ! Signore,* je croyais que la guerre était finie... Vous voyez comme on se fait des illusions, hé ?

— Nous allons retourner à Modène.

— Non, *signore.*

— Non ?

— Non, *signore.* Vous, vous rentrez à Modène, mais moi, je vais chez ma mère qui habite à moins de trois kilomètres... J'ai le cœur faible, *signore,* les émotions me sont défendues... A moins que se voir tirer dessus, vous trouviez ça normal ?

— Et de quelle façon vais-je regagner Modène ?

— *Signore,* je ne me permettrais pas de me mêler de vos affaires. Payez-moi ce que vous me devez, ajoutez-y quelque chose pour l'émotion et pour la casse, puis partez avec Dieu, *signore,* mais pas avec Timoleone Bari qui a l'honneur de vous parler !

— Vous me trahissez, Timoleone !

— *Signore,* on ne trahit que ses amis et je ne suis pas de vos amis.

Il encaissa les billets que le Français lui tendait.

— Merci, *signore.* Vous êtes un homme de bien. Que le Ciel vous protège et ne vous remette jamais sur ma route !

Timoleone Bari démarra dans sa voiture étoilée par l'impact des balles de Gesù Sangro et laissa sur place Argental.

***

Qu'on lui ait tiré dessus, ne choquait en rien Argental, c'était le jeu, mais, qu'on l'obligeât à rentrer à pied à Modène plongeait le Français dans une fureur noire. Il se promettait de faire payer cher et très vite à Prozenski ce qu'il tenait pour une malhonnêteté. Bob ne raisonnait jamais lorsque la colère l'empoignait. Une faiblesse qu'on connaissait en haut lieu. Argental ne parvenait pas à se corriger de ce grave défaut. Quand il s'estimait victime d'une manœuvre déloyale, il fonçait sans se soucier des conséquences, à visage découvert. Il arrivait souvent, d'ailleurs, que cette manœuvre élémentaire surprît ses adversaires par son côté primitif et inattendu.

Dès qu'il rencontra un taxi dans les faubourgs modènais, Argental gagna la *via* Stella silencieuse et déserte par suite de l'heure. Tout le monde déjeunait. Bob remonta la rue jusqu'à la boutique d'Angelo Corno. Il en poussa discrètement la porte. Dans l'ombre où il croupissait, Angelo demeurait sans cesse aux aguets. Il n'ignorait pas que ses clients, souvent honteux, tentaient de passer inaperçus et se glissaient chez lui plutôt qu'ils n'y pénétraient. Ceux-là, les timides, le marchand les aimait bien car il pouvait les voler en toute impunité. Il marqua cependant un temps d'arrêt en voyant Bob. Il ne s'attendait pas à ce genre de visiteur.

— Vous désirez, *signore* ?

— Angelo Corno ?

— *Si, signore,* pour vous servir.

Le bonhomme n'eut pas le temps d'avoir peur. D'un coup de crosse de revolver, le Français l'envoya au pays des songes puis, se baissant, il le prit dans ses bras et s'en fut le déposer sur un tas de chiffons, derrière le comptoir brimbalant où Angelo se tenait d'ordinaire.

Débarrassé de ce premier obstacle, Argental, pistolet au poing, s'enfonça dans l'arrière-boutique, rendant mentalement hommage à Ettore qui lui avait parfaitement décrit les lieux, et parvint dans la petite cour où il hésita un instant. Dans l'air que sifflait quelqu'un d'invisible, Bob reconnut une vieille chanson russe. Il n'eut qu'à se laisser guider.

Vladimir Mikhaïlovitch Stoupizine, au sommet d'un escabeau, rangeait ses chers dossiers lorsqu'il entendit une voix inconnue prononcer dans son dos :

— Excusez-moi de vous déranger.

Il se retourna aussi vivement que le lui permettait sa position et faillit choir en reconnaissant Argental dont la figure lui était devenue familière par suite des projections de la photo prise à la gare. Stoupizine pesta contre Angelo qui n'avait pas actionné le signal d'alarme mais, vieux Stalinien au passé agité, il restait insensible à la peur.

— Vous désirez, *signore* ?

— Prozenski !

— Pardon ?

— Le camarade Anton Vassilievitch Prozenski ?

— Je crains de ne pas comprendre, *signore* ?

— Aucune importance, je me charge de vous expliquer !

Physiquement, Stoupizine n'était pas de taille à combattre Bob mais il savait qu'il devait pourtant lui sauter dessus. Son dévouement à l'U.R.S.S. l'exigeait. Il eut un dernier regard de tendresse pour ses beaux dossiers si soigneusement empilés sur leurs rayonnages et après une ultime pensée dévote pour Joseph Staline, se jeta sur son ennemi. Malheureusement pour lui, Argental s'attendait à cette attaque, aussi le camarade Vladimir Mikhaïlovitch fut-il cueilli en plein vol par un crochet du droit qui, littéralement, le foudroya. Lorsqu'il revint à lui, il se retrouva attaché sur une chaise.

— Pourquoi Prozenski a-t-il ordonné à ses tueurs de m'abattre ?

Stoupizine comprit qu'il allait beaucoup souffrir. Il avait, jadis, passé entre les mains de la Guépéou. Il était curieux de voir s'il résisterait mieux aujourd'hui qu'autrefois.

— Où est le carnet noir du professeur Arena ?

Le Russe ferma les yeux dans l'attente du premier coup mais le choc qu'il entendit l'obligea à relever les paupières. Il ne put retenir un gémissement plaintif : le Français jetait ses chers dossiers par terre et les ouvrait en en éparpillant le contenu.

— Alors, vous vous décidez ? Qui a le carnet noir ? Vous ne voulez pas répondre ? A votre aise !

Un quart d'heure plus tard, pour la première fois de son existence, Stoupizine pleurait devant l'innommable tas que les dossiers empilés, mélangés, formaient au milieu de la pièce. Lorsque Bob se pencha, son briquet allumé à la main, pour mettre le feu à cet amas de paperasses, le Russe poussa un véritable hurlement d'angoisse. Il ne pouvait supporter de voir réduit en cendres le travail de tant d'années et Vladimir Mikhaïlovitch qui était passé à travers toutes les purges, qui avait dénoncé sa famille, ses amis, assisté au massacre des Koulaks sans un regret, sans un remords, trahit la cause sacrée de l'Union des Républiques Socialistes Soviétiques pour du papier.

— Non, non, pas ça ! Je vous en supplie ! Arrêtez ! Je vous dirai tout ce que je sais...

Argental se redressa.

— Si vous devenez raisonnable, je ne demande pas mieux que de bavarder avec vous, en ami... Où est Prozenski ?

— Chez lui, vraisemblablement ou en train de se promener... Le camarade Prozenski estime que le travail a été inventé pour les autres.

— Oh ! Oh ! Vous ne semblez pas beaucoup l'aimer ?

— Je n'aime pas les déviationnistes ! Prozenski n'a jamais été un vrai bolchevique !

— Pourquoi veut-il ma mort ?

— Parce qu'il estime que c'est vous qui tentez de l'éliminer !

— Moi ?

Stoupizine raconta l'histoire du coup de téléphone la veille au soir et la colère de Prozenski, les ordres donnés pour éliminer Argental.

— Vous avez le carnet du professeur Arena ?

Stoupizine haussa les épaules.

— Nous ne pouvons pas l'avoir puisque c'est vous qui le détenez. D'ailleurs si nous possédions le dossier Arena, Moscou n'aurait pas envoyé Prozenski.

— Peut-être, mais Paris ne m'aurait pas expédié à Modène si le carnet était déjà entre nos mains.

Les deux hommes se regardèrent et sans qu'ils aient besoin de formuler l'interrogation leur montant aux lèvres, ils savaient que tous deux se demandaient qui était le troisième larron.

***

Argental arriva chez les Bronzolo alors que leur repas terminé, les charcutiers et leur nièce buvaient paisiblement leur café. Ils accueillirent le Français avec ces démonstrations d'amitié où ils déversaient le trop-plein de leur vitalité, l'obligèrent à s'asseoir parmi eux et à boire un *espresso* qu'Agnése tint à préparer elle-même. Gelsomina s'excusa pour sa colère matinale née d'apparences trompeuses. Bob, rivalisant de courtoisie, affirma qu'il comprenait très bien l'indignation de son hôtesse et qu'à sa place il eût agi de façon identique. De là, il s'élança dans un grand discours sur la morale, sur ce qu'il convenait de respecter etc., etc. Cette harangue lui conquit le cœur et l'estime de la *signora* Bronzolo toujours sensible aux mots. Fort hypocritement, Argental profita de l'impression créée pour susurrer qu'il serait bien heureux si les Bronzolo lui donnaient une preuve de confiance en lui permettant d'emmener Agnése dîner avec lui, à seule fin de la remercier de sa gentillesse à son égard. Le bon Ettore en essuya une larme, Gelsomina prise à son propre piège ne se rendit pas tout de suite mais Agnése, revenue, témoigna de tant d'enthousiasme que sa tante ne se sentit pas le courage de la priver de cette joie. Simplement, elle exigea de connaître où ils se rendraient et obligea la jeune fille à jurer qu'elle serait de retour à minuit. Toutes les promesses et serments échangés, Agnése retourna à son travail, Ettore monta goûter les paisibles douceurs de la sieste, Gelsomina regagna le magasin, et Bob un peu secoué par les événements qui se succédaient depuis la veille retrouva son lit avec plaisir.

Ainsi passa un après-midi comme tous les autres. Prozenski qui avait abusé et de Pouchkine et de la vodka se réveilla fort avant dans le soir. Olbia, Cirigliano et Sangro pas très fiers de leur coup manqué contre Argental ne jugèrent pas utile de rentrer de bonne heure au P. C. soviétique. Angelo Corno, revenu à lui, partit se faire panser chez le pharmacien le plus proche et sur les conseils de ce dernier alla s'étendre sur son lit. Si bien que le pauvre Stoupizine passa tout l'après-midi sur sa chaise.

De retour chez son oncle et sa tante, Agnése se précipita dans la salle de bain pour se refaire une nouvelle beauté. Vers sept heures, elle apparut fraîche et pimpante. Ettore en eut le cœur tout amolli. Gelsomina se redressa avec orgueil : personne dans San Cataldo n'avait une nièce aussi jolie que la sienne ! Quant à Bob, il estima qu'au fond il avait bien de la chance. Sur les conseils de Bronzolo, ils décidèrent de se rendre, à la sortie de la ville, sur la route de Lucques où existait un petit restaurant que le samedi et le dimanche emplissaient mais qui, le lundi, devait être vide. Les deux jeunes gens y pourraient dîner dans le jardin. Le patron, Giovanni Grennero, était un client de la charcuterie Bronzolo. Quand il partit en compagnie d'Agnése, Argental ne se souvenait plus qu'il se trouvait à Modène pour récupérer des documents de la plus haute importance et que de fort méchantes gens s'étaient donné pour tâche de l'expédier au plus tôt, et par les voies les plus directes, dans un monde réputé meilleur.

Emu, ainsi qu'il l'était toujours lorsqu'il assistait à des effusions amoureuses ou plus simplement lorsqu'il subodorait l'amour, Ettore embrassa fougueusement sa femme et fila rejoindre son ami Giorgio Locri, estimant que seule une bouteille de « Lambrusco » pourrait apaiser son émotion.

⁂

Peu habitué aux chaleurs méridionales, Prozenski éprouva un peu de honte en constatant qu'il se réveillait à huit heures du soir. Au même moment, Sangro, Cirigliano et Olbia s'approchaient de la boutique d'Angelo Corno sans le moindre enthousiasme. Ils craignaient que leur patron, sans doute au courant de leur attentat manqué contre le Français, ne prît très mal la chose. Finalement, pour se redonner un peu de courage, ils entrèrent dans un bistrot où ils burent debout tout en surveillant la porte de Corno dans l'attente de quelque miracle, bien que leur expérience leur apprît qu'ils n'appartenaient pas au clan où les miracles étaient particulièrement bien vus.

Anton Vassilievitch Prozenski s'étonna de ne pas rencontrer Angelo Corno dans son antre. Il passa directement dans la salle réservée à son état-major et, du seuil, en voyant le tas de papiers constitué par le contenu des dossiers, il poussa un de ces beaux jurons sonores dont son père avait accoutumé de sanctionner l'annonce d'événements déplaisants. Puis, il aperçut Stoupizine sur sa chaise et hurla :

— C'est toi, camarade Vladimir Mikhaïlovitch qui t'es amusé à...

— Amusé !

La voix de Stoupizine vibrait d'un tel désespoir, que Prozenski, intrigué s'approcha et constata que son adjoint ficelé sur la chaise était dans l'impossibilité de bouger. Tout en tranchant les liens, il demanda :

— Qui ?

— Argental.

— Les dossiers ? Lui aussi ?

— Aussi... Je ne demande plus rien à la vie, camarade Prozenski, seulement de pouvoir étrangler ce Français... lentement... doucement... après je me fiche de crever !

Sangro, Cirigliano et Olbia se présentèrent aux ordres.

Prozenski trop préoccupé par l'incursion de Bob dans son Q.G., ne se soucia pas de réclamer des explications à ses hommes sur leur absence. Pendant que Stoupizine s'agenouillait devant le magma de ses dossiers, Prozenski annonçait :

— Le Français a voulu nous chatouiller, nous allons le faire rire ! Vous êtes armés ?

Les Italiens répondirent affirmativement.

— Alors, en route pour rendre visite à Bob Argental.

***

Gelsomina achevait sa vaisselle dans la cuisine ouvrant sur la cour par une porte vitrée. Elle souriait à des pensées roses lui montrant sa nièce se rendant à l'autel tout de blanc vêtue, en compagnie d'un beau et solide garçon ressemblant à ce Français dont la *signora* oubliait le dangereux métier. Elle les voyait marchant tous deux, dans la gloire de leur amour et elle suivait le couple en tenant le bras de son Ettore ayant miraculeusement recouvré la sveltesse de ses vingt-cinq ans. Elle-même avait perdu ses cheveux gris comme si l'amour des autres, la rajeunissait.

La *signora* Bronzolo était si parfaitement perdue dans un autre univers qu'elle ne prit pas tout de suite garde qu'on ouvrait la porte dans son dos. Quand elle en eut conscience, elle crut au retour de son mari.

— C'est toi, Ettore ? Déjà ? Te serais-tu disputé avec Giorgio ?

Intriguée par le silence de son époux, elle se retourna pour se trouver en présence de quatre individus dont les mines n'avaient rien de particulièrement engageant. Elle eut tellement peur qu'elle ne parvint pas à crier. Très homme d'un monde disparu, Prozenski s'inclina.

— Vous n'avez aucune crainte à nourrir, *signora.*

— Qui... qui êtes-vous ?

— Des gens à la recherche du *signor* Argental.

— Qu'est-ce que vous lui voulez ?

— Je crains que ce que nous avons à débattre

avec le *signor francese*, ne soit un peu hors de votre compétence, *signora.*

— Vous êtes venus pour le tuer !

— Pas s'il ne nous y oblige.

— Il n'est pas là !

— Quel dommage ! Et le *signor* Bronzolo ?

— Il n'est pas là non plus !

— Comme c'est gênant, *signora...* nous ne voulons pas nous être dérangés pour rien, n'est-ce pas.

— *Ma qué !* Puisque je vous dis...

— J'ai entendu, *signora*, j'ai entendu... Toutefois vous me permettrez j'en suis sûr de manquer aux règles essentielles de la galanterie en ne vous croyant pas sur parole...

Et s'adressant à ses compagnons d'une voix rude :

— Fouillez-moi toutes les pièces, vous autres !

Les Italiens s'éclipsèrent. Prozenski demeura en compagnie de Gelsomina.

— Verriez-vous un inconvénient à ce que nous nous asseyions, *signora* ?

Fascinée par ce bel homme s'exprimant d'une manière qu'elle n'avait pratiquement jamais entendue, la femme d'Ettore prit place sur une chaise sans quitter le Russe des yeux.

— *Signora...* à tout hasard... vous n'avez pas entendu votre mari parler du professeur Arena et d'un certain carnet... ?

Gelsomina se força à un rire qu'elle souhaitait moqueur et qui fut pitoyable.

— Ettore ne fréquente pas les professeurs, *signore* !

— Mais il fréquente les agents secrets et ne dédaigne pas de travailler pour eux à l'occasion !

— Je vous jure...

— *Signora,* cela me peine de vous entendre mentir aussi maladroitement. Dites-vous bien que nous sommes au courant de tout... Personnellement, je n'en veux pas à votre époux... Autant que je sache, il n'a tué aucun des miens et...

Elle l'interrompit avec véhémence :

— Et c'est pour ça que vous avez essayé de le tuer samedi !

— Moi ?

Gelsomina, en larmes, raconta la triste aventure d'Ettore à la gare et comment il avait été sauvé par un inconnu, épisode qui plongea Anton Vissilievitch dans une perplexité dont le tirèrent ses hommes revenant dans la cuisine pour affirmer que la maison était vide.

— Vous ne voulez vraiment pas me confier où se trouve présentement le *signor* Argental, *signora* ?

— Je vous jure que je n'en sais rien !

— Oserai-je insinuer que vous mentez, *signora* ? Mais cela n'a aucune importance, nous allons attendre.

Le Français, au fond, Gelsomina s'en fichait un peu mais Agnése l'accompagnait. Alors, très simplement, elle se prépara à supporter tout ce qu'on pourrait lui infliger mais elle n'avouerait pas où Bob et Agnése dînaient.

— Auriez-vous la bonté de me confier, *signora,* quelle est la pièce où votre mari et ses amis se réunissent ?

Gelsomina jugea que renseigner le Russe ne présentait aucun danger car elle savait mieux que personne qu'il n'y avait rien d'intéressant. Elle leur indiqua donc la porte ouvrant au fond du garage.

— Merci, *signora...* Sangro, tu restes là pour

surveiller notre hôtesse mais ne te montre pas au cas où quelqu'un viendrait... Vous deux, suivez-moi !

⁂

La *signora* Bronzolo passa des instants pénibles sur cette chaise dont elle n'osait bouger tant la terrifiait l'homme qui, appuyé contre le mur de façon que la porte, en se rabattant, le cachât, la menaçait de son pistolet. Dans la tête de Gelsomina mille combinaisons s'échafaudèrent pour essayer de préserver Ettore du piège où il devait choir mais elle dut renoncer aux unes et aux autres car toutes dépendaient d'un avertissement de sa part.

Vers dix heures du soir l'écho d'un refrain militaire gaillardement sifflé, apprit à Gelsomina que son mari revenait et que le Lambrusco l'avait mis d'humeur joyeuse. La *signora* Bronzolo, sur le moment de crier, au mépris de toute prudence, pour préserver son époux du sort l'attendant, y renonça pour deux raisons : d'abord, parce que son cri précipiterait l'allure d'Ettore au lieu de la ralentir, ensuite parce qu'elle pensait que mourir d'une balle de revolver n'était pas du tout le genre de trépas lui convenant. Elle risquait d'être tuée sur le coup, de disparaître sans confession. Elle aimait bien Ettore mais tout de même pas au point de lui sacrifier l'éternité. Finalement, elle se tut par amour du Christ.

Du seuil, Bronzolo jugea très vite que quelque chose n'allait pas. Il n'était point dans les habitudes de Gelsomina de rester assise sur une chaise, les mains croisées dans son giron.

— Gelsomina, tu es malade ?

Elle le regarda avec de tels yeux que tout de suite la peur lui noua le ventre.

— Tu es fâchée ?

Son immobilité anormale le persuada que sa femme était gravement atteinte. Parce qu'il l'aimait bien, il courut à elle mais un ordre l'arrêta dans son élan :

— Bouge plus, l'ami !

Ettore se figea sur place tandis que Gelsomina disait :

— Tu n'aurais pas pu comprendre, imbécile ?

— *Ma qué* ! Comprendre quoi ?

— Retourne-toi !

Il obéit avec beaucoup de prudence et de précautions. A la vue de Sangro le menaçant de son arme, il ne put retenir une plainte :

— Alors, ça recommence !

Sangro abandonna son mur pour se rapprocher des prisonniers.

— Allez, en route... On va rejoindre les camarades. Le premier de vous qui crie, je lui balance un pruneau dans le dos, vu ?

Le couple inclina simultanément la tête pour témoigner qu'il prenait au sérieux la menace de son gardien.

En voyant Ettore et Gelsomina que Sangro poussait devant lui, Prozenski s'exclama :

— Te voilà donc, petit père ? Tu ne te doutais pas que nous t'attendions, hein ? C'est ta femme, celle-là ? Tu l'aimes bien ?

— Oui.

— Ça ne te dirait donc rien qu'on lui fasse de grosses méchancetés ?

— ... Pourquoi à elle ?

— Parce qu'elle a commis l'erreur de t'épouser, petit père. C'est la loi : nous devons partager le sort de nos proches et répondre pour eux. Ah ! Je crains bien Ettore Bronzolo que tu ne sois veuf d'ici peu...

Le charcutier prit une profonde inspiration afin de s'exprimer aussi rapidement qu'il le pouvait car, il craignait, s'il s'arrêtait, de ne pas avoir le courage de continuer.

— Ecoutez, *signore*... Ma Gelsomina, elle n'y est pour rien. C'est moi qu'il faut tuer, pas elle, et puis je préfère mourir que de vivre sans elle...

Sous les yeux un peu surpris du Russe et de ses tueurs Gelsomina prit son mari par les épaules et l'embrassa longuement. Elle se détacha de lui, s'écarta légèrement pour le mieux voir et murmura dans un sourire :

— Ettore *mio*...

Puis à Prozenski :

— Maintenant, *signore*, je suis toute disposée à mourir car je viens de connaître la plus grande joie de mon existence et, puisque c'est un peu à vous que je la dois, permettez-moi de vous remercier bien que vous soyez un pas grand-chose et un ennemi de la religion !

Le Russe se tourna vers ses hommes :

— Vous entendez, moujiks ? Bâtards ? Pourquoi faut-il que ce soit toujours les capitalistes qui vous donnent des leçons ?

Il revint à Gelsomina.

— Par saint Basile, petite mère, j'aurais aimé découvrir une femme comme toi, pour mon usage personnel ! Tu es digne d'être une Prozenskaïa ! Mais si ton mari tient à toi autant que tu sembles tenir à lui, il peut te sauver... Cela dépend de sa bonne volonté. Tu entends, camarade Bronzolo ?

— Que dois-je faire ?

— Me confier où se tient, pour l'heure, Bob

Argental : je veux lui régler son compte de façon définitive.

— Jamais !

— Tu as donc envie de mourir ?

— Pas du tout ! *Ma qué ! Signore,* il y a des choses qui ne se font pas à Modène, et par exemple de trahir un ami, hé ?

— Tu ambitionnes d'être un héros, petit père ?

— Un héros ? Que non ! Pour ne rien vous cacher, j'aurais plutôt la trouille... seulement, chez nous, *signore,* un hôte c'est sacré. Alors, si je trahissais Argental, je ne pourrais plus dormir... Je préfère m'endormir tout de suite et pour toujours. Mais si ne pas se conduire en salaud, c'est être un héros, alors vous avez raison, *signore,* je suis un héros. Gelsomina, tu l'aurais cru, toi, que j'étais un héros ?

— Non, Ettore *mio* ! Je t'en demande pardon.

Le Russe s'adressa une fois encore à ses aides :

— Si les Romains d'autrefois ressemblaient à Ettore Bronzolo, cela ne m'étonne plus qu'ils aient conquis le monde ! Quel dommage de tuer de si braves gens... mais si vous demeurez fidèle à votre hôte, *signor* Bronzolo, vous devez comprendre que je ne puisse trahir ma mission ? Alors, pour la dernière fois : est-ce vous qui détenez le carnet du professeur Arena ?

— Non ! Je le jure sur la tête de ma femme !

— Bon... Voulez-vous me révéler où est Argental ?

— Non.

Prozenski soupira :

— Tant pis ! Sangro coupe l'oreille gauche de la *signora* !

Olbia et Cirigliano assirent Gelsomina sur une chaise et l'y maintinrent tandis que Gesù Sangro sortait son couteau. La charcutière sourit à son mari.

— N'aïe pas peur, Ettore...

— Ce n'est pas que j'aie peur, Gelsomina, mais je peux pas supporter qu'on te fasse mal... *Signore,* le Français est chez Giovanni Brennero qui tient le restaurant *La Vongola Democratica* [1] sur la route de Lucques.

***

On eût discrètement rappelé à Bob Argental qu'il se trouvait à Modène non pas pour y poursuivre un rêve tendre mais bien en vue d'y récupérer des documents de la plus haute importance, qu'il s'en serait montré fort surpris. En vérité, il se souciait davantage des beaux yeux d'Agnése que des travaux de feu le professeur Arena. Mais l'ennui venait de ce qu'il était le seul à penser de la sorte. Les autres le tenaient pour un homme rusé, dangereux, s'obstinant à leur donner le change pour arriver au but qu'eux-mêmes ambitionnaient d'atteindre les premiers.

Anton Vassilievitch Prozenski arriva fort tard à *La Vongola Democratica.* Dans le jardin, il n'y avait presque plus de tables occupées si bien qu'il n'eut aucun mal à repérer celle où Bob et Agnése roucoulaient. S'assurant que son revolver glissait facilement hors de sa ceinture où il l'avait passé, il se dirigea d'un pas ferme vers les amoureux trop occupés d'eux-mêmes pour prendre garde à son approche. Le Russe s'assit en souhaitant paisiblement :

— Bonsoir, cousin.

1. *La moule démocratique.*

Argental sursauta et retomba à pieds joints dans la réalité, une réalité pas tellement aimable si l'on en devait juger par le visage d'Anton. Toutefois, il se reprit assez rapidement :

— Bonsoir, cousin... Vous êtes ici par hasard ?

— Non, je vous cherchais.

— Comment avez-vous pu...

— Vour retrouver ? Sur les indications du *signor* Ettore Bronzolo, un garçon bien compréhensif !

Pendant que, mentalement, Bob se promettait de confier au charcutier ce qu'il pensait de son comportement, Agnése émergeant de la surprise où l'avait plongée l'arrivée du Russe, s'écria :

— L'oncle Ettore ne peut pas tenir sa langue !

Anton Vassilievitch sourit :

— Dois-je comprendre, *signora*, que ma présence vous importune ?

Argental répondit.

— Agnése et moi sommes en train de prendre de graves résolutions et nous aimerions rester en tête à tête... Je suis certain que vous l'admettrez, cousin.

— Mon beau cousin, je suis simplement venu chercher le petit carnet noir que vous connaissez. Remettez-le-moi ou dites-moi où il est et je me sauve à une telle vitesse que vous douterez de m'avoir vu !

— Pourquoi ne voulez-vous pas admettre que je ne l'ai pas ?

— Parce que je vous connais trop bien, mon cousin !

— Donnez-lui donc ce carnet s'il en a tellement envie, Bob !

Le Russe s'inclina devant Agnése.

— Cette *signorina* est pleine de bon sens, Bob, vous devriez l'écouter ?

— Je vous répète, cousin, que je n'ai pas ce carnet, que j'ignore tout de l'endroit où il peut se trouver.

Anton Vassilievitch s'adressa à Agnése :

— On ne peut pas dire que je n'y mette pas de bonne volonté ?

— En effet, et je ne comprends pas l'entêtement de Bob !

Argental commençait à se fâcher.

— Laissez Agnése en dehors de la discussion !

— Pas d'ordre à recevoir de vous, petit frère, et si vous ne vous montrez pas plus coopératif, je vais étudier la question avec la *signorina*.

— Vous auriez tort...

— Croyez-vous, mon cher Robert ? Allons, remettez-moi ce carnet et je ne dirai rien à la *signorina* de votre vie familiale.

Argental devina aussitôt le tour nouveau que prenait le chantage du Russe persuadé qu'il possédait le carnet d'Arena.

— Enfin, soyez raisonnable...

— C'est à vous de l'être !

Avec un rictus mauvais, Anton reporta son attention sur Agnèse.

— Il a un caractère impossible vous savez ? D'ailleurs Marguerite ne cesse de s'en plaindre.

Agnèse sentit une main froide lui serrer le cœur. Elle demanda dans un souffle :

— Marguerite ?

— Sa femme. Ma cousine, quoi !

La nièce d'Ettore, le rouge aux joues, regarda Bob et d'une voix chargée de toutes les menaces :

— Vous êtes marié ?

Anton Vassilievitch feignit la confusion.

— Je sens que j'ai gaffé... mais, mon vieux Bob, tu n'aurais pas pu cacher longtemps à la *signorina* l'existence de Marguerite et des deux garçons, hein ?

Assommée, Agnése répéta :

— Les deux garçons...

— Ses fils... mes filleuls, d'ailleurs... Antoine et Henri, de bien bons petits.

Sans ajouter un mot, Agnése se leva et déclara froidement à Bob :

— Vous seriez bien inspiré de ne pas rentrer chez mon oncle, cette nuit, et d'envoyer prendre vos affaires demain à la première heure !

Sur ce congé définitif, elle se retira, pareille à une reine outragée. Argental ne bougea pas, sachant qu'il ne pouvait rien dire pour dissuader la jeune fille. Il se contenta d'affirmer au Russe :

— Jusqu'ici, je n'avais aucune animosité particulière contre vous, Anton Vassilievitch. Maintenant, j'ai une raison personnelle de vous combattre. Je vous aurai Anton Vassilievitch.

Prozenski haussa ses larges épaules.

— Vous ne tenez pas à me persuader que vous êtes amoureux pour de bon ? Vous savez bien que notre métier et l'amour ne vont pas ensemble ! Cette fille m'ennuyait. J'avais à vous parler en tête à tête.

— Encore le carnet ?

— D'abord, les raisons de votre intrusion chez moi et du saccage que vous avez cru devoir y commettre ?

— Uniquement pour payer les multiples attentats dont j'ai été victime de la part de vos hommes depuis mon arrivée à Modène !

— Un seul est à mettre à notre compte, celui de la route de Nonantola.

— Je ne vous crois pas !

Anton Vassilievitch secoua la tête.

— En somme, vous vous obstinez à vouloir me

convaincre qu'il y a un troisième larron dans le coup, un troisième larron qui détient le carnet du professeur Arena et qui chercherait à nous éliminer l'un et l'autre ?

— Exactement !

— Eh bien ! Vous repasserez, mon vieux !

Semblant ponctuer l'affirmation du Russe, un trémolo de mandoline monta dans le soir. Prozenski et Argental relevèrent la tête pour voir un vieux couple déguenillé dont la femme grattait une mandoline tandis que son compagnon se mettait à chanter d'une voix grêle une chanson folklorique. Bob n'eût pas prêté davantage attention à ce couple — un parmi tant d'autres — si, subitement, il ne lui était apparu que le vieux chanteur ressemblait furieusement au chauffeur de l'auto ayant manqué l'écraser sur la *piazza* Grande et au client de Marcello dans l'auberge de la route de Nonantola. A cause de ce rappel Argental surveilla les musiciens et découvrit, à temps, le canon de la mitraillette que le bonhomme passait sous le bras de la joueuse de mandoline. Sans un mot, Bob appliqua un formidable coup de poing à son compagnon, se jeta sous la table au moment même où la rafale éclatait. Prozenski, d'un élan rejoignit le Français et un peu pâle ne put que murmurer :

— Merci...

Le tumulte déchaîné par cette fusillade permit aux deux agents de se relever. Le patron et les garçons couraient dans tous les sens. Les derniers clients s'enfuyaient. Les musiciens avaient disparu. Sans écouter Giovanni Brennero, le propriétaire de l'établissement, Anton Vassilievitch Prozenski déclarait à son rival :

— Je vous dois des excuses, Argental. Nous sommes en effet au moins trois sur l'affaire.

CHAPITRE V

Alors que Prozenski et Argental, certains qu'un ennemi sans visage essayait de les supprimer, scellaient d'une poignée de main une trêve en vue de repérer et d'éliminer leur adversaire commun, le marquis della Comana et Adda Vetulonia, débarrassés de leur oripeaux, filaient vers Modène dans leur antique bagnole. Le marquis se montrait d'humeur noire.

— Je vieillis, Adda... Je n'aurais jamais dû les manquer à une pareille distance ! Que vont penser nos amis ?

— C'était très difficile ! Dissimulé derrière moi vous étiez obligé de tirer au jugé, Annibale. Personne n'aurait pu se montrer plus adroit... peut-être Giorgio Ronzone ? Mais pas question de l'amener ici dans son fauteuil d'infirme... Rassurez-vous, Annibale, vous n'avez pas démérité de notre cause !

Della Comana ôta une main du volant pour la poser sur celle de sa compagne.

— Si vous n'étiez pas à mes côtés, Adda, j'abandonnerais la lutte...

***

Ettore Bronzolo trop secoué par la scène l'ayant mis aux prises avec Prozenski n'écouta guère ce que lui contait furieusement sa nièce au sujet de ce monstre de Français marié, père de famille, et ne craignant pas, pour autant, de compromettre une jeune fille ! En dépit de sa colère, Agnése fut bien obligée de se rendre compte que ni son oncle ni sa tante ne lui prêtaient l'attention qu'elle estimait lui être due. Elle monta se coucher, le cœur rempli d'amertume, convaincue d'être trahie par la terre entière.

***

Les charcutiers accueillirent avec soulagement l'arrivée de leur hôte. Ils ne comptaient plus le revoir sain et sauf. Fort avant dans la nuit, réfugiés dans la cuisine, ils écoutèrent le récit de Bob. Tous trois se perdirent en conjectures sur l'identité de l'adversaire des Russes et des Français. Argental expliqua la ruse employée par Prozenski pour faire partir Agnése. Les Bonzolo révélèrent à quel point leur nièce était peinée de ce qu'elle prenait pour une trahison. Bob promit d'arranger tout cela dès le matin mais avant de monter se coucher, il fut contraint d'aborder ce dont les uns et les autres évitaient de parler depuis le début de leur entretien.

— Bronzolo... de quelle façon Prozenski a-t-il su que j'étais chez Giovanni Brennero ?

Ettore et sa femme se regardèrent, gênés. Finalement le charcutier avoua :

— C'est moi...

Tout de suite, Gelsomina prit le relais, expliquant que c'était par amour pour elle que son époux avait révélé ce que le Russe désirait savoir. Ettore n'avait pu supporter de voir sa femme torturée sous ses yeux. Doucement, Argental expliqua :

— Je le comprends, *signora*... Pour cette fois, cela n'a pas eu de trop graves conséquences mais qui m'assure que demain une pareille menace ne le poussera pas à trahir sur des sujets plus importants. Désormais, les Russes connaissent sa faiblesse... Une faiblesse dont vous avez tout lieu d'être fière *signora*, mais dont je suis obligé de rendre compte à mes chefs...

Finalement, Ettore, à son tour, gagna son lit avec autant d'amertume au cœur que sa nièce.

⁂

Les vieillards dormant peu (ils donnent l'impression de ne pas vouloir gaspiller les dernières années qui leur restent), les amis de della Comana l'avaient attendu, en dépit de l'heure, pour connaître le résultat de sa tentative. Il fut dans l'obligation de reconnaître publiquement son échec, en demandant pardon à chacun, assurant qu'entre Argental et lui, c'était désormais une question de prestige. Ce n'est plus seulement Modène que le marquis entendait protéger mais encore son honneur. Puisque la force semblait ne donner aucun résultat, il emploierait la ruse. Il connaissait Machiavel par cœur.

Demeuré seul dans son appartement de la via

Nazario Sauro, en sourdine pour ne point importuner ses voisins et pour apaiser son humiliation, Annibale joua pour lui seul, avec infiniment de tendresse, une gavotte d'Alessandro Scarlatti.

***

Le lendemain matin, Bob attendit qu'Agnése fût descendue prendre son petit déjeûner dans la cuisine pour la rejoindre et avoir l'explication qu'il jugeait nécessaire. Les débuts furent difficiles, la nièce des charcutiers refusant d'entendre quoi que ce soit, persuadée que le Français mentait comme il respirait. Argental se vit contraint d'expliquer que son cousin était un homme à la plaisanterie lourde qui, en dépit de sa prestance, courait vainement et depuis longtemps, après un succès féminin. Il jalousait Bob, s'ingéniant chaque fois qu'il le pouvait, à lui susciter des difficultés. Certes, Argental aurait pu trouver dans ce comportement l'occasion d'une rupture définitive mais il supportait tout car il prenait Anton pour un malheureux, presque un malade. Cette fois cependant, il avait dépassé les bornes ! Si Agnése refusait de rendre sa confiance à celui qui l'aimait profondément il signifierait à Anton que, désormas, tout était fini entre eux. Cette promesse parut toucher Agnése.

— Vous me jurez que cette Marguerite n'existe pas ?

— Je vous le jure !

— Ni les deux garçons ?

— Puisqu'il n'y a pas de Marguerite !

— Et... c'est vrai que... vous m'aimez ?

Il le lui assura en prenant à témoin ses ancêtres. Elle ne demandait pas mieux que de le croire.

Aussi les choses s'arrangèrent-elles très vite entre les deux jeunes gens qui décidèrent de se retrouver à midi trente au restaurant Fini, sur la *piazzale* San Francesco. Sur cet engagement solennel, Agnése courut rejoindre son poste. La *signora* Bronzolo se rendit au marché pour acheter ce qui était nécessaire à la table familiale. Bob remonta procéder à sa toilette. Quant à Ettore nul ne se soucia de le réveiller.

Vers neuf heures, Gelsomina réintégra la charcuterie accompagnée d'un pauvre hère portant paniers, cabas regorgeant de légumes et de fruits. En plus de l'argent promis, elle remit au bonhomme des talons de saucisson qui devaient lui permettre de festoyer. Ayant promené le regard attentif de la maîtresse de maison sur la marche des affaires, la *signora* Bronzolo regagna son appartement particulier pour voir si oui ou non, ce paresseux d'Ettore se décidait à se lever. Elle entra d'un pas de justicier dans la chambre mais sentit aussitôt sa sévérité s'envoler en constatant l'absence de son mari. Une obscure impression — suite probable des émotions subies depuis la veille — la poussa à craindre un nouveau malheur. Elle parcourut l'appartement en appelant Ettore. Il ne répondit pas. Au magasin, elle demanda au commis si le patron était sorti. On lui affirma que non, d'ailleurs son veston pendait au portemanteau du vestibule avec son chapeau. Maintenant, Gelsomina avait peur. Elle finit par gagner le garage où la porte donnant sur le local réservé aux agents français n'était pas fermée alors que d'ordinaire, Bronzolo ne manquait jamais d'interdire l'accès de cette retraite aux curieux. La charcutière se précipita. A l'intérieur du Quartier Général dont Ettore assumait la responsabilité, elle vit son époux, debout sur une chaise, s'efforçant de passer une corde autour de la poutre traversant la pièce dans toute sa longueur. Plus étonnée qu'inquiète, elle demanda :

— Qu'est-ce que tu fabriques, Ettore ?

De son perchoir, il la regarda et ne put que dire :

— Ah !... C'est toi ?

— Oui c'est moi... Ça n'a pas l'air de t'enchanter ?

— J'aurais préféré que tu viennes pas maintenant.

— Tu es bien aimable ! Et c'est pour que je ne te trouve pas que tu ne répondais pas à mes appels ?

— Oui.

— *Ma qué !* Que fais-tu donc que personne ne doit savoir, hé ?

Petit à petit, elle prenait conscience que l'Ettore auquel elle parlait en ce moment ne ressemblait pas à l'Ettore de tous les jours.

— Ettore...

— Je t'aime bien, Gelsomina.

— Je sais que tu m'aimes bien... pourquoi tu me le répètes sur cette chaise et sur ce ton ?

— Pour rien... Simplement j'ai plaisir à te le redire... pour que tu ne l'oublies pas...

— Pourquoi je l'oublierais ?

Il haussa lentement les épaules sans répliquer.

— Mon pauvre Ettore, il y a des moments où je ne comprends plus rien à ce que tu me racontes ! En tout cas, ne te mets pas en retard... J'ai l'impression que nous aurons beaucoup de monde, aujourd'hui.

Elle s'apprêtait à ressortir lorsqu'il la rappela :

— Gelsomina ?

— Oui ?

— Je... je voudrais te... te demander pardon...

— Pardon ?

— ... pour toutes les misères que j'aurais pu te faire sans toujours m'en rendre bien compte...

— Il est nécessaire que tu grimpes sur une chaise pour solliciter ton pardon ? Allez, gros benêt, descends de ta chaise, lâche ta corde et...

Les yeux de la *signora* Bronzolo s'exorbitèrent tandis qu'elle répétait : la chaise, la corde... le pardon... la chaise, la corde... le pardon... tu ne m'oublieras pas... Alors, levant la tête, elle comprit et poussa un cri :

— Ettore !... Tu... tu allais... te... pendre ?

Il baissa le front. Elle se rua en avant, empoigna son mari par le bras et l'obligea à sauter à terre, tout en l'injuriant :

— Maudit ! Parjure ! Païen ! Tu aurais osé ? Tu te serais permis de me laisser seule ? Ne recommence jamais, Ettore, parce que sans ça, si tu as envie de mourir, je te tue de mes propres mains ! Tu entends ? Un homme en qui j'avais toute confiance ! Me traiter de cette façon ! Tu iras en enfer, misérable ! Sicilien !

Elle l'injuriait, pleurait, reniflait et, à bout d'arguments attira sa tête sur sa poitrine pour lui demander doucement :

— C'est pas vrai, dis ? Tu te serais quand même pas pendu comme un sauvage ? Qu'est-ce que je serais devenue sans toi, hé ? Pourquoi, mais pourquoi ?

— J'ai trahi notre hôte... Je ne peux plus vivre avec cette idée... Ça m'étouffe. Il me semble que si je sors dans la rue, tout le monde me montrera du doigt... Je suis plus un homme, Gelsomina...

— Mais si, mon Ettore, mais si ! C'est à cause de moi que tu as parlé au Russe. Je suis aussi fautive que toi et si tu meurs, je mourrai aussi ! Tu m'auras assassinée, Ettore. C'est ça que tu veux ?

Ils pleurèrent longuement dans les bras l'un de l'autre, mélangeant leurs larmes, unissant leurs soupirs, confondant leurs sanglots. En dépit d'un chagrin réel, ils n'auraient changé leur place avec personne. Cette aventure les rendait plus proches. Dans leur commune angoisse, ils retrouvaient leurs élans d'autrefois.

Brusquement, la *signora* Bronzolo se leva.

— Ça suffit, Ettore ! On a assez pleuré ! A cause de ce Russe de malheur, j'ai failli être veuve, il va le payer !

Il la regarda, effaré.

— Qu'as-tu l'intention de faire ?

— Montrer à ce sauvage de quel bois je me chauffe et lui prouver qu'on ne traite pas une Piémontaise ainsi qu'il a eu l'audace de le faire hier ! Appelle tes amis.

— Quel amis ?

— Ettore, je suis patiente mais il y a des limites ! Ne me prends pas pour une imbécile, toi aussi, hé ? Appelle ceux qui t'aident dans tes mauvais coups et qu'ils rappliquent en vitesse !

Vaincu, il obéit et sortit de la pièce. Il y revint au bout d'un court instant pour annoncer qu'il n'avait pu en trouver que deux. Ils arrivaient.

⁂

Attentif au spectacle de la rue, Argental allait à l'aventure dans Modène, espérant que le hasard le mettrait en présence de ce petit vieux si correct, de si parfaite apparence et qui, bien curieusement, se trouvait toujours sur les lieux où l'on essayait de faire passer le Français de vie à trépas. Bob estimait qu'un homme semblable à celui qu'il cherchait devait obéir à des habitudes anciennes. Sa tenue, son allure devaient le pousser à fréquenter les beaux quartiers. Argental était bien résolu à parcourir toutes les rues élégantes de la ville dans l'espoir de se trouver soudain en face de celui qui l'intriguait sérieusement.

***

Marian Gosciki et Vittorio Serrara s'affirmaient deux hommes sûrs au couteau facile. Souvent déjà, ils avaient rempli des missions difficiles pour le compte de Bronzolo et des Français. On pouvait compter sur eux. En quelques mots, Gelsomina les mit au courant de ce que son mari et elle avaient dû subir de la part des Russes. Elle protesta qu'elle n'entendait pas rester sur cette humiliation et demanda aux deux hommes de main de la suivre dans une expédition punitive. Amusés, et parce qu'ils aimaient la bagarre, Marian et Vittorio emboîtèrent le pas à la charcutière intimant à son époux l'ordre de s'occuper un peu de la charcuterie.

***

Angelo Corno, le crâne bandé, avait repris sa place dans son antre et, grosse larve tapie dans l'ombre puante de son magasin, guettait dans le petit jour sale régnant dans la boutique, le malheureux qui viendrait quémander quelques sous sur de pauvres objets. Au P. C. russe, Stoupizine montrait avec orgueil à Prozenski son travail de la nuit : un quart des dossiers remis en place sur leurs rayons après avoir récupéré leurs contenus spécifiques.

— Je n'ai pas fermé l'œil pour arriver à ce résultat réconfortant, camarade.

— Tu n'auras plus rien à craindre de ce côté, petit père ! Je me suis entendu avec Argental. Nous avons décidé de ne plus nous combattre.

Stoupizine sursauta :

— Vous pactisez avec les impérialistes, camarades ? Attention au déviatonnisme !

— Attention à ne pas prendre mon pied dans les fesses, petit frère ! Le Français et moi avons la conviction que nous sommes contrés par un autre clan. Nous avons résolu de le détruire avant de reprendre le combat qui nous oppose.

Vladimir Mikhaïlovitch secoua la tête.

— On ne peut pas croire à l'honnêteté des impérialistes, camarade...

Pendant que les deux Russes discutaient inutilement, Gelsomina pénétrait chez Angelo Corno. A la vue d'une femme, l'usurier se frotta les mains. Il s'approcha de la *signora* Bronzolo qui eut l'impression de voir venir à elle un énorme cancrelat. Elle ne put réprimer un frisson de dégoût.

— Que puis-je pour vous, *signora* ?

Gelsomina déplia le journal entourant un couperet et le présenta à Corno qui ne put dissimuler son dépit :

— C'est tout ? Qu'est-ce que vous voulez que j'en fiche de cet instrument ?

— Vous rien ! Mais moi...

D'un poigne ferme, la femme d'Ettore maniant le couperet à plat en appliqua un solide coup sur le crâne d'Angelo qui s'écroula sans un cri. Aussitôt, Marian et Vittorio se glissèrent dans la boutique et tirèrent le corps de Corno évanoui sur le tas de chiffons d'où il semblait ne plus devoir se lever.

Stoupizine, rouge comme un coq, et Prozenski, l'œil chargé d'éclairs, s'accusaient mutuellement des pires desseins lorsque Gelsomina fit irruption, suivie de Vittorio et de Marian, revolver au poing. Anton Vassilievitch ouvrit des yeux ronds en reconnaissant Gelsomina :

— Vous, *signora* ?

— Moi ! Savez-vous que mon mari a voulu se suicider parce que vous l'aviez obligé à trahir son ami ?

Prozenski haussa les épaules.

— Et alors ? Un charcutier n'a pas à se préoccuper de questions d'honneur !

— Mais les charcutières, si !

De son couperet, toujours manié à plat, Gelsomina expédia Anton Vassilievitch au pays des rêves. Stoupizine se mit à piailler et il était tellement ridicule que la *signora* Bronzolo ne put s'empêcher de rire.

— Quand il se réveillera, vous direz à votre ami que s'il se permet encore une fois, une seule fois, d'apporter le trouble dans ma maison, je viens foutre le feu à votre tanière !

Pour que son adversaire n'oublie pas ses menaces et peut-être aussi pour soulager ses nerfs, Gelsomina, avant de sortir, attrapa les dossiers rangés sur les rayons et les jeta sur le tas se trouvant au milieu de la pièce, en prenant soin d'en éparpiller le contenu. Avec un léger râle d'épouvante, Stoupizine s'évanouit à son tour.

La *signora* Bronzolo et ses tueurs disparus, Anton Vassilievitch Prozenski revenu à lui s'abandonna à la plus folle colère de son existence déjà riche, pourtant, en crises de toute sorte. Il commença par s'en prendre à la mémoire de Staline, puis à celle de Trotsky, injuria grossièrement Mao Tsé-Toung, traita le président Johnson de façon abominable, et maudit la France pour les mille années à venir. En ce qui touchait Bob Argental, il jura devant les icônes dont il portait les images en son cœur qu'il se convertirait à l'islamisme s'il ne tirait pas de celui l'ayant trahi, la plus atroce des vengeances. Ceci fait, il obligea Stoupizine à revenir à lui en le frappant à grands coups de pied dans les côtes. Travail d'ailleurs inutile car sitôt que Vladimir Mikhaïlovitch eut repris conscience, il crut malin d'affirmer :

— Je vous l'avais dit, camarade Prozenski, vous avez été possédé comme un enfant ! A moins que vous n'ayez été complice ?

En réponse, une solide nasarde réexpédia Stoupizine au pays des songes.

***

Argental commençait à désespérer de rencontrer jamais celui qu'il cherchait. De plus il était éreinté. Il y avait pas mal de temps qu'il marchait, regardant sous le nez tous les vieillards rencontrés, dont certains prenaient fort mal ce qu'ils jugeaient un manque d'éducation scandaleux, voire une provocation éhontée. Soudain, alors qu'il s'apprêtait à pénétrer dans un café de la via San Cristoforo, Bob tomba en arrêt, à quelques pas du marquis della Comana regardant une vitrine. Ignorant qu'on l'observait, Annibale se prêtait complaisamment à une observation minutieuse. Il suffit de quelques secondes à Bob pour se convaincre qu'il se trouvait bien en présence de celui ayant manqué de l'écraser sur la *piazza* Grande, du distingué vieillard déjeunant chez Marcello et enfin du joueur de mandoline subitement transformé en manieur de mitraillette. Sans doute, Argental eût-il été profondément mortifié en apprenant que le marquis le cherchait, lui aussi, par toutes les rues et places de Modène, et qu'il s'offrait volontairement à l'examen de son adversaire assez fort pour se croire capable de rouler un homme ayant appris à lire dans Machiavel. Bob s'approcha d'Annibale à le toucher, épaule contre épaule, et, tout en feignant d'examiner les objets placés dans la vitrine, muurmura :

— Je suis heureux que le hasard nous remette en présence, *signore.*

Della Comana jouant remarquablement son rôle, sursauta, regarda autour de lui comme si le Français pouvait s'adresser à un autre, puis convaincu qu'Argental en voulait bien à sa personne, mima la surprise :

— Pardonnez-moi, *signore,* c'est à moi que vous parlez ?

— A vous, oui, *signore.* Surtout ne protestez pas que vous ne me connaissez pas car hier, par deux fois et par vos soins, j'ai failli être mis dans l'obligation d'en terminer avec mon existence !

Il était parfait Annibale avec sa mine effarée et ses regards traqués d'un homme paisible se trouvant subitement aux prises avec un fou.

— *Signore,* vous... vous ne voudriez pas... vous calmer ?

Bob sentait la colère l'envahir. Il attrapa le marquis par le bras et gronda :

— Vous avez fini, oui ?

— De quoi faire ?

— L'andouille !

Alors, Annibale joua l'indignation, la hauteur, le mépris.

— *Signore,* savez-vous qui je suis ?

— Un assassin et vraisemblablement un espion !

— Et vous ?

Argental en resta coi. Della Comana ajouta en souriant :

— Ne croyez-vous pas que nous pourrions bavarder ailleurs que sur ce trottoir ?

— Où ?

— Choisissez vous-même.

— Les jardins de... au Parco della Rimembranza.

— Méfiant, hein ?

— Et vous ?

— Moi aussi.

Ils hélèrent un taxi qui les conduisit au Parco della Rimembranza. Arrivés à destination, ils s'en furent à petits pas dans le soleil, comme deux vieux amis savourant la douceur du temps qui passe. Annibale, très désinvolte, assura :

— *Signor* Argental, je suis très heureux de notre rencontre.

— Vraiment ? Il n'y paraissait pas tout à l'heure !

— J'adore donner la comédie, *signore.* En tout cas, je puis vous affirmer que depuis ce matin, je cherche à faire votre connaissance. A dire la vérité j'avais choisi l'endroit où il me semblait le plus sage de me laisser repérer par vous. Vous avez été suivi depuis votre départ de chez ce bon Ettore Bronzolo que j'aime bien, au fond, c'est pourquoi j'ai permis qu'on lui sauve la vie le jour où il est allé vous attendre à la gare...

Mortifié d'apprendre que contrairement à ce

qu'il se figurait, il ne menait pas le jeu, Argental s'enquit :

— Puis-je vous demander qui vous êtes, *signore* ?

Le vieux s'arrêta et tout en s'inclinant gracieusement, répondit :

— Annibale Bizencio, marquis della Comana, pour vous servir.

— Vous avez une drôle de conception des services à rendre, *signore* ? Pour quelles raisons avez-vous essayé de me tuer par trois fois ?

Annibale eut un discret rire de gorge.

— *Signore,* je suis Modènais depuis d'innombrables générations ! Alors, persuadez-vous que si j'avais vraiment voulu vous supprimer je ne vous aurais pas manqué et cela dès ma première tentative. En dépit de mon âge, j'ai gardé un poignet solide et un œil excellent.

— Alors... ?

— J'ai simplement souhaité attirer votre attention.

— Dans quel but ?

— Je détiens ce que vous cherchez.

— Ah !... C'est donc ça ?

— C'est ça, *signore*... J'ai mon palais à réparer et de vieux amis que j'aimerais voir achever leur vie sans souci...

— Et vous avez tué le professeur Arena ?

— Pas moi, *signore,* votre agent.

— C'est vous qui l'avez...

— Lois de la guerre, n'est-ce pas ?

— Combien ?

— Cent millions de lires.

— Vous n'y allez pas de main morte !

— J'ignore le marchandage, *signore* vous voudrez bien ne point m'en tenir rigueur... D'ailleurs, l'invention de mon compatriote vaut largement ce prix.

— Qu'en savez-vous ?

— Arena n'avait point de secret pour sa gouvernante qui se trouvait à ses côtés depuis bien des années.

— Et alors ?

— Cette dame est de mes amies.

Ils firent quelques pas en silence. Argental remarqua :

— En admettant que mon gouvernement accepte vos propositions, il m'est difficile de réunir une pareille somme tout de suite.

— Qu'à cela ne tienne, *signore*... Disons que je vous remets un quart du manuscrit pour dix millions de lires dès ce soir ?

— Au cas où Paris me donnerait carte blanche, ça serait possible. Où vous rencontrerai-je ?

— Voulez-vous que je vous téléphone vers midi ? Si Paris a dit oui, je vous fixerai le lieu de notre rendez-vous.

⁂

Dans la matinée, Agnése s'étant fait remplacer par une amie courut chez son oncle. Dans la tendre émotion de la séparation momentanée avec Argental, elle avait oublié son poudrier et son rouge à lèvres. Si la jeune fille s'étonna de ne voir ni son oncle ni sa tante au magasin, elle fut bien plus frappée par le désespoir qu'Ettore ne songeait point à cacher. Angoissée, osant à peine poser la question tant elle redoutait d'apprendre un malheur, Agnése chuchota :

— Qu'est-ce qu'il y a, mon oncle ?

Il leva vers elle un regard noyé de larmes.

— Ta tante...

Ettore avait tellement de chagrin qu'il n'était plus en état de se rappeler ce qu'il ne fallait jamais dire et il conta par le menu à sa nièce les sévices que Gelsomina et lui avaient subi la veille, son désir personnel de mourir et enfin la résolution de sa femme de partir en expédition vengeresse. On a beau être naturellement intelligente et vivre depuis assez longtemps pour ne s'étonner de rien, il y a quand même des histoires qui vous trouvent incrédule. Agnése commença par se demander si, d'aventure, l'oncle n'aurait pas abusé du Lambrusco et, sous prétexte de le consoler, elle se pencha, l'embrassa mais ne put attraper le moindre effluve vineux.

— Mon oncle, est-ce que vous vous rendez compte de ce que vous racontez ? Des gens qui viennent chez vous, vous infliger des misères comme dans les films, ma tante qui joue les gangsters et vous qui voulez mourir ? C'est des fantasmagories, tout ça !

— Je voudrais que tu aies raison !

Ses larmes et ses soupirs sapaient l'incrédulité de la jeune fille. Elle se raccrocha à un dernier espoir.

— Pourquoi auriez-vous désiré en finir avec la vie ?

— Parce que j'ai perdu l'honneur !

— De quelle façon ?

— En vendant mon hôte qui avait confiance en moi ! Comme Judas Iscariote a vendu Jésus !

— Mon oncle, reprenez-vous, je vous en supplie ! Quel est cet hôte que vous prétendez avoir trahi ?

— Bob Argental !

Elle eut un petit pincement d'angoisse au cœur.

— Qu'est-ce que ça signifie votre trahison ?

Il lui expliqua alors la volonté de Prozenski d'en terminer avec le Français. Inquiète, sans doute, Agnése ne parvenait pas à ajouter complètement foi à ces extravagances.

— Mais, mon oncle, pour quelles raisons voudrait-on tuer Bob ?

— Parce qu'il est un agent des Services Secrets français.

Sous le choc, elle ferma les yeux.

— Ainsi, il m'a menti ?

— Il y était obligé... et puis, maintenant, quelle importance cela a-t-il ?

— Enfin, en quoi tout cela vous regarde-t-il, ma tante et toi ?

— *Ma qué ?* Parce que nous appartenons, nous aussi, aux Services Secrets français, hé !

Agnése crut, tout de bon, qu'elle allait s'évanouir sous cette révélation inattendue. Ettore... Gelsomina... Incroyable ! Mais, son angoisse fut dépassée par la colère l'agitant à l'idée qu'Argental avait pu lui mentir de façon aussi éhontée. Représentant en articles de Paris ! Si elle n'avait craint pour sa tante, elle aurait bouclé sa valise et serait repartie pour Turin, sur l'instant. Après quelques paroles banales prononcées sans la moindre tentative pour faire croire à sa sincérité, elle retourna d'un pas rageur à son travail, laissant Ettore méditer sur l'ingratitude des enfants.

***

Bob Argental le trouva encore prostré lorsqu'il le rejoignit pour le mettre au courant de son entrevue avec le marquis della Comana. Bronzolo rapporta au Français sa défaillance matinale, défaillance qui eût fait de lui un suicidé pour l'honneur si Gelsomina n'était entrée au moment précis où son mari s'apprêtait à quitter un monde où il estimait ne plus avoir sa place. Ettore dit encore la fureur vengeresse qui s'était emparée de son épouse et comment, en compagnie de deux amis, elle avait abandonné la charcuterie pour aller tracasser le Russe dans son repaire. De cette réaction conjugale, Bob augura les pires ennuis dans un avenir immédiat car Prozenski penserait à une manœuvre déloyale. Le Français estima que le mieux consistait à s'expliquer le plus tôt et le plus complètement possible. Entraînant Bronzolo, il gagna la *via* Stella en espérant que Gelsomina serait encore en vie et qu'elle n'aurait pas commis trop de dégâts.

En Italie, plus que partout ailleurs, les dieux aiment à moquer les desseins des humains. C'est pourquoi, Gelsomina et ses compagnons n'ayant pas pris le même chemin qu'Argental et Bronzolo, se croisèrent en empruntant en sens inverse deux rues parallèles, séparées par une épaisseur de maisons.

Angelo Corno venait à peine de retrouver la position verticale lorsque Bob et son ami se présentèrent chez lui. Ettore souffla :

— Attention ! Il travaille avec les Russes ! Il risque de leur signaler notre arrivée !

Argental sortit son revolver qu'il tint par le canon, Angelo Corno, le regard vague s'approcha pour leur demander ce qu'ils désiraient. Dans un souffle, Argental assura l'usurier qu'il ne voulait rien et du même moment assenait un sérieux coup de crosse sur la tête d'Angelo qui, derechef, s'écroula. Le coup du Français avait-il été trop sérieux ? Le crâne de Corno s'avérait-il fragile ? Quoi qu'il en soit, à la suite de cet ultime choc, Angelo n'insista plus et rendit à Dieu une âme dont le Créateur, on veut le penser, se débarrassa immédiatement en l'expédiant aux enfers. Ettore se chargea de porter la dépouille d'Angelo sur le tas de chiffons qu'il ne quitterait plus désormais que pour le cimetière.

Bob et le charcutier se glissaient dans la cour jouxtant l'arrière-boutique de l'usurier défunt lorsque repérés par Stoupizine, ils n'eurent que le temps de se rejeter en arrière pour échapper aux balles des Moscovites. Argental tenta de parlementer mais Prozenski le traita de vipère réactionnaire, de social-traître, de Koulak et de trotskiste avant de lui jurer qu'il le tuerait de sa propre main et traînerait sa dépouille attachée à sa voiture avant de la jeter dans un champ d'épandages. Cette résolution hautement proclamée laissa entendre à Bob que toute relation s'affirmait rompue entre les Russes et lui, et que, pour l'instant, le plus sage était de battre en retraite, ce qu'il entreprit avec l'approbation enthousiaste de Bronzolo.

De retour à la charcuterie Ettore y trouva son épouse. Ce fut une émouvante cascade de serments, de promesses, de chagrins expliqués, d'angoisses détaillées par le menu, d'engagements allant bien au-delà de l'éternité, en bref Ulysse retrouvant Pénélope eût passé pour un glaçon ou pour un Anglais comparé à Ettore transporté de bonheur de ne pas être veuf.

Argental était d'autant plus ému du spectacle qu'il se voyait à la place du charcutier, tenant, non pas Gelsomina mais Agnése dans ses bras. Vers midi, le téléphone sonna. On demandait le *signor* Argental. Il s'agissait du marquis della

Comana fixant rendez-vous à son acheteur, à dix heures du soir, à Capri.

— Pourquoi si loin, *signor* marquis ?

L'autre eut un petit rire ironique.

— Figurez-vous, *signore,* que vous n'êtes pas le seul acheteur et que vos concurrents sont gens susceptibles et dénués de scrupules. C'est la raison pour laquelle je préfère que la transaction ait lieu chez un mien cousin qui, absent, met sa villa à ma disposition. Il s'agit du chevalier Giancarlo Casottino, fils d'une cadette de ma mère. Un bien honnête gentilhomme.

— Je n'en doute pas.

— Chez lui, nous serons à l'abri des indiscrets. La grille du jardin ne sera pas fermée à clef, vous n'aurez qu'à la pousser.

— Je veux croire que vous n'avez pas l'intention de me jouer un mauvais tour ?

— *Signore !* Je suis le marquis Annibale della Comana !

— Et pour quelles raisons donnez-vous la préférence aux Français ?

— Parce que je leur dois l'indépendance de mon pays ! A cette nuit, *signore,* et n'oubliez pas l'argent !

— A cette nuit...

Bob expliqua à Ettore de quoi il retournait. Le charcutier montra quelque scepticisme mais quand il sut qu'il s'agissait du marquis della Comana de la *via* Nazario Sauro, il donna son accord. Néanmoins, il eut une grimace lorsque Argental précisa qu'il comptait sur lui pour l'accompagner. Bronzolo dut se soumettre mais résolut d'emmener quelques amis au cas où le marquis aurait oublié sa qualité de gentilhomme et se conduirait comme un truand.

Bob abandonna les Bronzolo pour rejoindre Agnése au restaurant où ils avaient rendez-vous et déclara qu'on ne le verrait pas de la journée car il lui fallait rassembler l'argent nécessaire à la conclusion du marché.

Au restaurant, Agnése n'était pas encore arrivée. Argental s'installa, le cœur débordant d'allégresse. Tout semblait devoir lui sourire. Ce soir, il serait peut-être en possession des papiers du professeur Arena. Ce soir également, il se promettait de demander à Agnése de devenir sa femme.

***

Le marquis della Comana, lorsqu'il eut raccroché son téléphone, sourit à Adda Vetulonia le contemplant avec une admiration qui, malgré ses cheveux blancs, lui donnait un air de jeunesse. Joignant les mains, elle s'exclama :

— Mon Dieu ! Annibale ! En vous écoutant, il me semblait entendre un de ces grands Florentins du Quattrocento !

Ravi, il salua légèrement et convint :

— Je dois avouer, ma chère, que je suis assez content de moi. Ce butor de Français a avalé tout ce que je lui ai raconté. Il m'a pris pour un sot doublé de naïf.

Le marquis eut un rire qui le secoua au point de l'obliger à tousser.

— Avez-vous remarqué, Adda *mia*, que les hommes ne commencent à croire ce qu'on leur dit que du moment où ils se prennent pour plus intelligents que leur interlocuteur ? C'est le grand truc des escrocs que de laisser leurs futures victimes se persuader qu'elles sont en train de les rouler... Le Français n'a absolument pas l'intention de me payer mais comme je n'ai pas davantage l'intention de lui remettre le carnet du professeur Arena, nous sommes quittes, à cette différence près qu'il ne connaît pas mes intentions alors que je connais les siennes.

— Annibale vous eussiez été un grand diplomate !

— Peut-être, ma chère, mais il m'aurait fallu travailler... Argental se rendra sans doute avec toute sa bande chez le chevalier dans l'espoir de m'occire pour me dépouiller. Il faut que nous débarrassions Modène de cette engeance essayant de se procurer les moyens de détruire notre ville entre autres... Celui-là éliminé, nous nous occuperons des Russes qui sont moins dangereux. Adda, si nos amis me soutiennent, Modène deviendra une cité interdite à tous les services secrets, une ville miraculeusement protégée !

Lorsque le marquis s'excitait de cette façon, cela finissait toujours par une crise d'emphysème. Adda qui le savait, s'employait chaque fois à le calmer avant que ne se déclenchent ses ennuis physiologiques.

— Mais, Annibale, ce n'est pas tout seul que vous songez à abattre ces mercenaires ?

Ramené aux réalités, della Comana calma son enthousiasme.

— Evidemment non, Adda. Il faut que vous vous rendiez dans le quartier del Poverello et que vous m'y recrutiez une demi-douzaine d'estafiers, habiles au pistolet, prompts au couteau. Vous leur direz qu'ils seront bien payés.

— Avec quoi ?

Nouveau rire sarcastique du marquis.

— Mais avec l'argent que le Français va apporter pour me le montrer et m'inciter à lui remettre le carnet... Dix millions de lires, c'est un joli prix, non ? Jamais la peau d'un estafier n'aura été cotée si cher !

Comme s'il s'agissait d'aller acheter un tissu nouveau, Adda demanda sans la moindre inquiétude :

— Où vais-je trouver ces gens-là, Annibale ?

— Dans ce quartier del Poverello il y a des cafés assez mal famés. C'est là que vous aurez le plus de chance de dénicher la marchandise.

— Vous ne craignez pas, Annibale, que ma présence en de tels lieux ?...

Il la regarda avec hauteur.

— Une pareille réflexion de votre part, Adda, m'étonne et me déçoit. Ma chère, une dame de qualité peut se permettre d'entrer dans n'importe quel bouge sans risquer de se salir, liberté que ne saurait s'autoriser une femme du commun.

Ecrasée par cette leçon, la vieille femme ne put que murmurer :

— Pardonnez-moi, Annibale...

⁂

Au moment où Agnése entra au restaurant où Bob l'attendait, il y eut un remous parmi la clientèle tant la jeune fille, fraîche, jolie, incitait à penser au printemps. Plus d'une femme, sur son passage, se mordit les lèvres de dépit. Plus d'un homme, en voyant Agnése se diriger vers la table occupée par Argental, envia ce garçon trop heureux. Le Français qui se rendait parfaitement compte de cette émotion quasi unanime, la savourait en connaisseur. Il se leva pour recevoir son invitée. Il n'eut pas le temps de remarquer les sourcils froncés de la nièce des Bronzolo, qu'il recevait une gifle dont l'écho suspendit d'un seul coup toutes les conversations. Aussi fut-ce dans un silence total qu'Agnése cria :

— Espèce de menteur !

Tournant les talons, elle retraversa la salle d'un pas ferme, suivie par les sourires approbateurs de la gent masculine. Quelqu'un même s'avisa, incongrument, d'applaudir. Quant à Bob, il était resté debout, ne réalisant pas encore exactement ce qui venait de lui arriver. Puis il prit consience du scandale et de tous les regards braqués sur lui. On s'attendait à ce qu'il s'enfuie honteux. Il se rassit, appela le garçon, ressemblant à un vieux chanoine.

— Monsieur désire nous quitter sans doute ?

— Pas du tout ! Ce n'est pas une raison parce qu'une fille fait un caprice pour que je me prive de nourriture.

— Monsieur me permettra-t-il de lui dire que son bon sens et son optimisme sont réconfortants ? Oserai-je recommander à Monsieur notre *fritto misto* ?

— Va pour le *fritto misto* !

— Monsieur voudra-t-il goûter nos *pappardelle* [1] pour commencer ?

— D'accord !

— Et peut-être une bouteille de Barbaresco [2] ? C'est le vin qui, paraît-il, apaise le mieux des déceptions sentimentales.

En le voyant manger et boire de bon appétit, les autres convives estimèrent que le *signore* prenait son aventure du bon côté et le jugèrent sympathique.

1. Variété de lasagnes.
2. Vin rouge du Piémont au parfum de violette.

⁂

Encore toute pleine de son ressentiment envers Bob qui l'avait si odieusement trompée, Agnése commença par manger un sandwich, boire un *espresso* et retourna à son travail bien décidée à rabrouer le premier qui se permettrait de lui parler de façon un peu trop tendre. Elle se trouvait dans ces moments noirs de grande déception sentimentale où l'ordonnance du monde ne rime plus à rien. Pour un peu la nièce des Bronzolo serait allée se présenter au couvent afin d'y prendre le voile. De son côté, Argental s'adressait au consul de France en vue de rassembler les dix millions de lires exigés par della Comana. Mais, bien entendu, il préparait avec l'aide des gens du consulat, de fausses liasses de billets de dix milles lires contenant essentiellement du papier teinté. Il n'emportait pas plus de deux cent mille lires de numéraire vrai. Ettore Bronzolo, sans trop oser en parler à son épouse, mettait ses affaires en ordre, au cas où il ne reviendrait pas de l'expédition nocturne à Capri, en compagnie d'Argental. Jamais, Gelsomina ne l'avait trouvé si doux, si affectueux, si complaisant. Elle mettait cette humeur tendre sur le compte de l'angoisse éprouvée par son mari devant l'hypothèse de son veuvage. Elle s'en reconnaissait profondément bouleversée. Elle eût été déçue d'apprendre qu'Ettore s'apitoyait essentiellement sur l'éventualité de sa propre mort.

⁂

Cependant, la plus occupée en cet après-midi

où tant de plans s'échafaudaient, fut assurément Adda Vetulonia, chargée arbitrairement d'une mission difficile. Selon les indications d'Annibale, elle gagna les quartiers les plus mal famés de Modène et entra dans le premier café paraissant ressembler à un bouge selon les descriptions qu'elle avait lues de ces lieux abominables. Malheureusement, Adda n'achetait plus de livres depuis 1914 si bien que ses renseignements dataient un peu.

Le premier bistrot dans lequel elle pénétra, y créant une certaine sensation, était un brave et honnête bouchon où se reposaient en buvant un coup de vin épais, des trimardeurs, des gars de la voierie, des manœuvres de toute sorte. Le patron, Mario Furlano s'affirmait à l'image de sa clientèle. D'ailleurs, il somnolait presque toute la journée, mais les paupières suffisamment entrouvertes pour que la moindre tentative de resquille ne lui échappât point. Il ouvrit cependant les yeux en grand lorsqu'il vit entrer cette dame à cheveux blancs, vêtues comme sa mère, autrefois, et dont la distinction impressionnait les buveurs au point qu'ils s'arrêtèrent pour un temps de jurer, de dire des obscénités et de cracher par terre.

Intrigué, Mario se laissa glisser de son siège pour servir lui-même cette cliente inattendue. Adda s'approcha du comptoir, faillit y poser les mains mais les recula vivement en constatant l'état de saleté du zinc. Vexé, Mario y passa son torchon avant de demander :

— Vous désirez, *signora* ?

Alors, dans le silence ayant suivi la question du patron, on entendit cette respectable dame, déclarer d'une voix ferme :

— Je cherche quelques tueurs...

Mario crut ne pas avoir compris.

— Vous cherchez... quoi ?

— Des tueurs.

Effaré, se demandant s'il rêvait ou non, le patron regarda Adda, regarda ses clients, se regarda dans la glace derrière le comptoir avant de revenir à son étrange cliente.

— Je crains de ne pas très bien comprendre, *signora* ?

Sans élever le ton, avec infiniment de patience, Adda répéta :

— Je suis à la recherche d'hommes complètement dépourvus de scrupules et qui, moyennant une jolie rétribution, consentiraient à tuer, ce soir, quelqu'un qu'on leur désignerait. C'est simple, non ?

Mario eut du mal à avaler sa salive.

— Pour être simple, c'est très simple, *signora.* Puis-je vous demander pour quelles raisons vous êtes venue chez moi, autrement dit qu'est-ce qui vous a permis de croire que vous trouveriez ici les truands dont vous parlez ?

— On m'a assuré que dans ce quartier, les tueurs ne devaient pas manquer, que je n'avais qu'à entrer dans le premier bouge venu et...

— Parce que vous appelez mon café, un bouge ?

Surprise, elle regarda avec des yeux où les prunelles ressemblaient à des gouttes d'eau bleue au creux d'un glacier.

— N'en serait-ce pas un ?

Mario s'essuya le front avec le chiffon dont il touchait le zinc et s'efforçant de maîtriser la fureur le secouant :

— Non, *signora,* non, mon établissement n'est pas un bouge ! Et si vous me permettez de vous donner un conseil : avant de rentrer chez vous, passez donc chez un médecin, psychiatre de préférence, vu ?

— Mais, *signore,* j'ai l'impression que vous me parlez sur un ton ! Ne seriez-vous pas, par hasard, en train de me manquer de respect ?

Maintenant, les clients s'amusaient et suivaient le spectacle avec une joie se traduisant par de gros rires et par des plaisanteries qui eussent fait mourir de honte la *signora* Vetulonia... si elle les avait comprises. Mario se demandait comment se débarrasser de cette folle. Ne trouvant pas de prétexte, il lui affirma :

— Vous vous êtes trompée d'adresse, *signora,* mais je vais vous indiquer où vous trouverez sûrement ce que vous cherchez...

Il sortit de derrière son comptoir, s'inclina devant Adda :

— Si vous voulez bien me suivre, *signora* ?

Il la conduisit jusque sur son seuil, lui montra la rue sur sa droite :

— Vous suivez le trottoir de gauche, vous tournez au premier angle sur votre gauche toujours et vous vous présenterez à la première porte que vous rencontrerez en disant que vous venez de ma part, Mario Furlano. Vous vous souviendrez ?

— Je me souviendrai et mille fois merci pour votre obligeance, *signore.*

Elle partit d'un pas ferme vers le commissariat de police où, sans qu'elle le soupçonnât le moins du monde, la dirigeait Mario. Mais, heureusement pour l'amie du marquis della Comana, parmi les clients de Mario ayant assisté à la scène, se trouvait Benedetto Atrani, un mauvais garçon toujours prêt à n'importe quoi pour quelques milliers de lires. De même que le patron du café, il penchait pour la folie de la vieille dame, mais, sait-on jamais ? Il sortit peu après elle et se hâta pour la rattraper. Il la rejoignit au moment où elle s'apprêtait à tourner dans la rue du commissariat de police.

— *Signora !*

Adda s'arrêta.

— C'est à moi que vous en avez, jeune homme ?

— Excusez-moi, *signora,* mais j'étais dans le bistrot où le patron vous a renseignée à propos de ce que vous demandiez...

— Et alors ?

— Il s'est foutu de vous !

— Pardon ?

— Je veux dire que Mario vous a prise pour une dingue. Il vous a expédiée au commissariat de police.

— Oh !

En compagnie de Benedetto (se tenant tout de même en retrait par prudence), elle jeta un coup d'œil dans la rue désignée par le cafetier et dut se rendre à l'évidence. Mario Furlano l'avait trahie. Sur le moment, elle en fut désemparée, craignant les reproches d'Annibale pour son ambassade manquée. Plaintive, elle s'adressa à ce bon garçon qui s'était porté à son secours :

— Vous ne sauriez pas, vous, où je pourrais en trouver des tueurs ?

Atrani regarda autour de lui avant de chuchoter à Adda :

— Venez avec moi... Nous allons parler de ça tranquillement...

Ils s'éloignèrent et ceux qui les croisèrent pensèrent voir une grand-mère et son petit-fils, celle-là faisant la morale à celui-ci. Nul n'eût pu supposer que cette dame si comme-il-faut était en train d'exposer à un jeune voyou, le genre de crime qu'elle entendait commettre.

— Si je vous ai bien comprise, *signora,* vous voulez qu'on abatte quelqu'un ? C'est bien cela ?

— Oui.

— Quelqu'un d'important ?

— Non.

— Et... ça doit se passer quand ?

— Cette nuit.

— Où ?

— Dans une propriété de Capri.

Ils firent quelques pas en silence puis Benedetto aborda la question primordiale pour lui.

— Des gens comme ceux que vous cherchez, *signora,* ça peut se trouver mais, ça coûte cher...

— J'ai de quoi payer.

— Voyons, à votre avis, combien en faudrait-il ?

— L'homme à abattre est encore jeune, fort et sûrement courageux... Cinq ou six ?

— Contre un seul ?

— Je préfère qu'il n'y ait point de bataille.

— Une exécution, en somme... Six, il faudrait compter pas loin de... d'un million de lires.

— J'en donnerai dix.

— Dix quoi ?

— Dix millions de lires.

Benedetto pâlit et crut qu'il allait tout de bon s'évanouir. Dix millions de lires ? Ce n'était pas possible, la pauvre femme devait être cinglée !

— Mais, dites, ces dix millions de lires... où les prendrez-vous ?

— La victime les apportera.

— La... ? Et vous ne réclamez pas votre part ?

Elle le contempla, indignée.

— Par hasard, jeune homme, me tiendriez-vous pour une voleuse ?

La décision à prendre dépassait nettement les possibilités intellectuelles de Benedetto. Pour lui, seul Andrea Grano, le gangster numéro un de l'Emilie, pouvait assumer la responsabilité d'un pareil coup.

— Venez avec moi, *signora,* je vais vous présenter quelqu'un qui doit pouvoir vous donner satisfaction.

⁂

Vers le milieu de l'après-midi, Agnése retourna chez les Bronzolo car il lui tardait de savoir ce qu'il était advenu de sa tante. A mesure que la violence de son chagrin s'estompait, elle recommençait à s'intéresser aux autres. Elle rencontra ses parents baignant dans une sorte d'atmosphère spirituelle qui l'étonna, la charma et l'inquiéta tout de même un peu. Ettore parlait avec une onction inattendue, Gelsomina semblait avoir rajeuni de vingt ans. Ne pouvant obtenir d'explications sensées de ce subtil changement, la jeune fille s'apprêtait à repartir lorsque son oncle lui adressa un clin d'œil lui intimant l'ordre de rester. La tante retournée au magasin, Bronzolo parla à Agnése :

— Ma petite fille, on ne sait ni qui vit ni qui meurt... Je voudrais que tu me promettes au cas où je viendrais à disparaître brusquement... que tu n'abandonneras pas ta tante... Promets-le-moi, Agnése, et je m'en irai, rassuré ! Enfin, rassuré, c'est une manière de parler...

— Vous vous en irez où ?

— Où il plaira à Dieu de m'envoyer !

— Ecoutez, mon oncle, vous ne pensez pas que

ce serait mieux de me confier clairement ce qui se passe ?

Il la regarda de la manière dont le papa du Cid dut regarder son rejeton avant de l'inviter à venger l'affront subi.

— Ce soir... ta tante n'est pas au courant et elle ne doit pas l'être, hé ? Ce soir donc, avec Argental, nous allons à Capri où, dans une propriété — la villa Casottino — on doit nous remettre des papiers très importants contre une grosse somme d'argent.

— Et alors ?

— Alors, je crois que c'est un piège et qu'on nous abattra tous les deux. Note, Agnése, que je n'ai pas peur... *Ma qué !* Mourir à mon âge, quand on se sent encore en pleine force, c'est triste, hé ?

— Vous êtes obligé d'aller là-bas ?

Superbe, Ettore se redressa :

— L'honneur commande, petite ! Dans l'hypothèse où je ne te reverrais pas... Je voudrais que tu saches que je t'aime comme si tu étais ma propre fille... Je ne t'ai pas faite mais c'est du pareil au même. J'aurais souhaité connaître tes enfants, mes petits-neveux... Le Ciel ne l'a pas voulu... Et contre le Ciel, qu'est-ce qu'on peut dire, hé ?

***

A cinquante ans, ayant gagné sa vie dans l'exploitation de toutes les faiblesses, de tous les vices humains, Andrea Grano ne pensait pas qu'on pût encore l'étonner. Il se trompait car après un quart d'heure d'entretien avec Adda Vetulonia, il devait s'avouer que jamais encore il n'avait rencontré pareil cynisme joint à tant de pieuse distinction.

D'abord, il avait été sur le point de frapper Benedetto lorsqu'il était venu le déranger pour lui raconter une histoire de fous. Puis, par jeu, il voulut rencontrer la dingue et chose qui ne lui arrivait jamais il s'était trouvé gêné, intimidé devant cette dame lui rappelant les anciennes patronnes de sa mère qu'il devait saluer le matin, avant de partir en classe. Quelques minutes de conversation lui suffirent pour admettre qu'il se trouvait en présence de quelqu'un du vieux temps, de quelqu'un dont les bouleversements sociaux et matériels des trente dernières années n'avaient en rien modifié la façon de voir et de juger. Il ne lui en était que plus malaisé de comprendre qu'une pareille personne veuille sciemment la mort de son prochain. Andrea Grano n'était pas tout à fait sûr de la réalité de la scène.

— Voyons, *signora,* entendons-nous bien parce qu'en ces matières, il est préférable de ne pas commettre d'erreur. Si je vous ai comprise, vous désirez qu'on supprime un Français nommé Argental ?

— C'est cela.

— Et pour me payer de mes peines, je n'aurai qu'à empocher les dix millions de lires que ce garçon apportera ?

— Vous avez parfaitement compris.

— *Ma qué ! Signora,* s'il apporte dix millions de lires, c'est qu'il souhaite vous acheter quelque chose très cher, hé ?

— Sans aucun doute.

— Quelque chose que, naturellement, vous n'apporterez pas au rendez-vous ?

— Naturellement.

En lui-même Grano pensa que c'eût été trop beau.

— Et... *signora,* puis-je vous demander pour quelles raisons vous voulez la mort de cet homme ?

— Vous pouvez me le demander, *signore,* mais je ne vous répondrai pas. Vous acceptez ou non le travail ?

Indiscutablement, cette femme intimidait Andrea et, en dépit du caractère un peu farfelu du marché proposé, il avait confiance.

— J'accepte.

⁂

Agnése était en train d'expliquer à des Anglo-Saxons les qualités exceptionnelles des sacs et des vêtements italiens lorsqu'elle poussa un cri :

— Le cousin !

Le chef de rayon croyant à un incident se précipita.

— *Ma qué !* Qu'est-ce qu'il y a ?

Sans lui répondre, Agnése qui venait d'apercevoir parmi les curieux celui qu'elle tenait pour le cousin Bob, abandonna ses clients et courut rejoindre Prozenski à qui elle conta d'une traite le danger menaçant Argental.

Un peu éberlué, le Russe apprit ainsi que son rival avait l'intention d'acheter le soir même à Capri, à la villa Casottino, les documents du professeur Arena. Il bénit la naïveté de cette enfant d'impérialistes dépouillant, sans s'en douter, celui qu'elle entendait protéger. Nul doute que si elle avait été élevée dans les bons principes du marxisme-léninisme, elle eût appris à raisonner autrement. Jouant son rôle de cousin affectueux, Anton Vassilievitch assura Agnése qu'elle pouvait compter sur lui et qu'il se trouverait sur place afin de protéger son parent bien-aimé. Cependant, il demanda à la jeune fille, au cas où elle rencontrerait Bob, de ne pas lui toucher mot de leur conversation, son amour-propre lui interdisant de compter sur le secours d'autrui. Elle le jura.

***

Pendant que toutes ces passions se donnaient libre cours, Annibale della Comana, bien installé sur les coussins de son divan, essayait de retrouver sur les cordes de sa mandoline le *lamento* d'*Ariana* de Claudio Monteverdi.

CHAPITRE IV

La nuit était assez avancée lorsque Bob Argental jugea le moment venu de partir pour Capri en compagnie d'Ettore Bronzolo et des hommes de main dont le charcutier avait réussi à imposer la présence : Vaclav Bujarek, Marian Gosciki, Egon Seethaler, Vittorio Serrara et Carlo Avellino. Une véritable armée. A peu près au même instant, Andrea Grano ayant rejoint Annibale filait vers le rendez-vous avec le marquis et ses tueurs : Benedetto Atrani, Luigi Melignano, Nicola Abano, Michelàngelo Subiaco et Isidoro Maiori, tous gens de sac et de corde, cumulant à eux cinq plus d'un siècle de prison. Enfin, ce fut à peu près à cette heure également que Prozenski, Stoupizine, Salvadore Olbia, Umberto Cirigliano et Gesù Sangro prirent la direction de Capri dans l'espoir de s'emparer, sans bourse délier, des documents d'Arena et d'affirmer une fois de plus, la supériorité soviétique.

⁂

Ainsi que l'avait promis Annibale, la grille ouvrant sur le jardin de la belle villa de Giancarlo Casottino, était entre-bâillée. Bob, arrivé le premier, se glissa avec sa bande sous les palmiers et les cyprès. On prit position et on attendit. De cette façon, Bronzolo et son ami français virent arriver Prozenski et ses tueurs. Le charcutier chuchota :

— J'avais raison ! Un piège !

Furieux, Argental grogna :

— S'ils veulent la bagarre, ils l'auront !

Prudent, Andrea Grano laissa le marquis della Comana pénétrer seul chez son cousin par la grille du jardin. Pour lui, il entra par une porte secondaire et disposa ses hommes. Prozenski en voyant apparaître une silhouette pensa qu'il s'agissait du vendeur et s'apprêta à intervenir.

Argental laissa s'approcher Annibale qu'il voulait attraper afin qu'il serve d'otage. Quand il ne fut qu'à quelques pas de lui, il se leva en criant :

— Allons-y !

Ses amis le suivirent. Aussitôt, Grano et ses truands ouvrirent le feu. Bob et Bronzolo se jetèrent par terre, imités par della Comana. Dans cette attaque imprévue Egon Seethaler, Carlo Avellino et Valcay Bujarek trouvèrent une mort rapide. Convaincus d'avoir éliminé leurs adversaires, Grano et sa bande quittèrent leurs abris pour s'emparer de la serviette de Bob. C'est alors qu'intervinrent Prozenski et sa troupe. Une salve coucha irrémédiablement sur la terre du jardin Luigi Melignano, Michelàngelo Subiaco et Nicola Albano. Interloqué, Grano hésita. Il pensa aux flics, mais les flics ne tirent pas sans sommation. Sans trop comprendre ce qu'il se passait, il se retira avec ses deux derniers voyous, sous les arbres. S'imaginant maître de la situation, Prozenski se montra avec ses fidèles. Malheureusement pour lui, Marian Gosciki, allié de Bronzolo, homme de précaution, avait emporté une grenade. Il la dégoupilla tranquillement et la balança gentiment sur le groupe des Russes. L'explosion illumina la nuit et transforma en débris innombrables Salvatore Olbia et Umberto Cirigliano qui servirent de boucliers à leurs camarades. Prozenski ordonna aussitôt la retraite et le jardin parut retrouver son calme. En vérité, tous demeuraient aux aguets, attentifs au moindre bruit. De temps à autre, un coup de feu claquait, suivi ou non d'une riposte. Mais les choses ne pouvant s'éterniser, les trois adversaires firent mouvement au même instant, si bien que l'obscurité aidant, ils se croisèrent sans se voir, se mélangèrent sans le soupçonner, s'aidèrent sans s'en douter. Seul, Annibale, ayant réussi à se jucher dans un arbre aux branches basses, se délectait d'un spectacle comblant ses vœux : les hommes des Services Secrets s'étripant les uns les autres.

Ettore Bronzolo rampait difficilement, son ventre le gênant beaucoup. Il ahanait, suait, soufflait. Le tumulte de son cœur l'empêcha d'entendre la respiration asthmatique de Stoupizine glissant à sa rencontre, si bien que les deux guerriers tombèrent nez à nez et, dans la nuit, ne se reconnurent pas. Figés dans l'épouvante qu'ils suscitaient mutuellement, ils n'osaient bouger. Finalement, le Russe se décida :

— Qui es-tu, camarade ?

Le mot de « camarade » fit courir des frissons sur la colonne vertébrale du charcutier. Galvanisé par la peur, il vida son revolver à bout portant sur Vladimir Mikhaïlovitch qui n'eut même pas le temps d'accorder une pensée de regret à ses chères archives. En réponse à ces coups de feu, Gesù Sangro lâcha une rafale de mitraillette dans ce qu'il jugeait être la bonne direction. Mais il commit une erreur de quelques degrés et cela suffit pour qu'Andrea Grano trouvât le trépas le plus stupide, tué par quelqu'un qu'il ne connaissait pas et qui ne le connaissait pas.

Isidoro Maiori, dans l'obscurité, mit la main sur des choses piquantes et ne put retenir un juron :

— *Per bacco !*

En écho, un autre voix demanda :

— *Cos'è successo*[1] ?

Isidoro, douillet de nature, se plaignit à un homme qu'il ne voyait pas, parce qu'il était Italien et que l'autre s'exprimait en italien. Mais cet autre Vittorio Serrara était d'humeur particulièrement hargneuse. Sournoisement, il chuchota :

— Tu sais où est le patron?

Truand naïf, Isidoro ne flaira pas le piège :

— Je ne sais pas mais Andrea Grano est assez malin pour qu'on n'ait pas besoin de se faire de la bile pour lui.

— Salaud !

Du coup, Isidoro comprit et tira en même temps que son ennemi. Mais, ainsi que chacun sait, Dieu est Français et c'est pourquoi la balle de Vittorio se logea dans le crâne d'Isidoro qui rendit incontinent son âme au Seigneur, ce dont l'Eternel dut être fort embarrassé. Quant à la balle d'Isidoro elle pénétra dans la fesse droite

1. Qu'est-ce qu'il y a ?

de Gesù Sangro qui se relevait précautionneusement pour tenter d'inspecter son horizon immédiat. Il retomba au sol avec un gémissement.

Annibale, le premier, quitta le lieu de la bataille. Sans le moindre scrupule, il s'empara de la voiture de Grano pour regagner la *via* Nazario Saro où Adda avait convoqué leurs amis. Ainsi, le pauvre Benedetto Atrani, seul survivant des truands engagés, par la *signora* Vetulonia, dut regagner la ville à pied. Il couvrit la distance dans un état second, ne comprenant rien à ce qui s'était passé et pour quelles raisons une expédition annoncée comme une partie de plaisir, s'était brusquement muée en un combat digne du dernier conflit mondial. A partir de cette nuit-là, Atrani eut la réputation d'être un peu « drôle », dans son quartier.

Anton Vassilievitch Prozenski ne redoutait rien. Désormais, unique représentant (par suite de l'élimination des autres) des intérêts soviétiques à Capri, il ne se résignait pas à déserter le combat. Mais il n'était pas bâti pour les batailles nocturnes car son tempérament, au moindre obstacle rencontré, le poussait à exiger des comptes du Ciel, des saints et saintes passant pour honorer la Russie de leur protection. En un mot, on l'entendait venir de loin, si bien que Bob n'eut aucun mal à le cueillir d'un maître coup de crosse de pistolet sur la tête et Prozenski s'en fut dormir, le nez dans un bouquet de lavande.

***

— Il y aura un sacré remue-ménage quand la police découvrira les corps !

— Il n'y a que des morts et les morts ne parlent

pas. On croira à un règlement de comptes entre bandes rivales de gangsters.

— Prozenski n'était pas mort !

— On l'a tiré à l'écart. Là où il est je serais étonné que la police le découvrît... En tout cas, il ne dira pas un mot. Je le connais.

— C'est parce que vous le connaissez que vous ne l'avez pas éliminé alors que vous en aviez l'occasion ?

— Oui. J'ai de la sympathie pour lui.

Ettore et Bob échangeaient ces répliques dans la cuisine du charcutier où les deux hommes se remettaient de leurs émotions. Ils parlaient à voix basse pour ne point réveiller Agnése dormant dans la chambre au-dessus. Gelsomina leur avait préparé du café, trop heureuse de leur retour pour regretter son repos. Bronzolo que sa courte lutte avec Stoupizine semblait avoir transformé, soupira :

— Tous ces morts pour rien, c'est ça le plus enrageant... Qui donc peut détenir le carnet du professeur ?

— Annibale della Comana, parbleu !

— Mais, dans ce cas, pourquoi ce traquenard ?

— Justement, je propose qu'on aille le lui demander. D'accord ?

Gelsomina qui tentait de s'opposer à ce nouveau départ fut vertement rabrouée par son mari, un Ettore qu'elle ne reconnaissait plus. Elle ne savait pas si elle devait être heureuse ou non de ce changement.

***

Anton Vassilievitch Prozenski reprit conscience et le bruit assourdissant au milieu duquel il émergea dans la réalité retrouvée, le reporta bien des années en arrière lorsqu'il était officier dans l'Armée Rouge et qu'il se battait aux portes de Moscou. En vérité, il s'agissait seulement des carabiniers découvrant le jardin du *signor* Casottino jonché de cadavres. Très vite, le Russe comprit ce qui l'attendait s'il était repéré. Secouant le vertige lui obscurcissant l'esprit, il commença à ramper vers le mur d'enceinte, se mordant la langue pour étouffer les jurons lui encombrant la gorge. Occupés à dénombrer les morts, les carabiniers ne prêtaient guère attention à ce qui pouvait se passer en dehors du lieu de massacre et Prozenski parvint, au prix de grands efforts, à passer par-dessus le mur et à s'éloigner sans provoquer de dangereuses curiosités.

Dans son malheur, Anton Vassilievitch eut quand même la chance de rencontrer un camionneur qui ne souleva aucune difficulté, pour le prendre à son bord et le ramener à Modène. Vers minuit, le Russe, ivre du désir de se venger, frappait à la porte de derrière des Bronzolo et Gelsomina vint lui ouvrir.

Un instant, Agnése qui, réveillée, était descendue dans la cuisine pour demander des explications à sa tante et buvait un tasse de café, s'interrogea sur les raisons que pouvait avoir Gelsomina de revenir près d'elle à reculons. Très vite, elle aperçut Prozenski menaçant la *signora* Bronzolo de son pistolet et l'obligeant à reculer. Agnése fut reconnue par le Russe qui poussa un rugissement de colère.

— C'était donc ça ! Vous avez profité de ce qu'Anton Vassilievitch ne sait rien refuser aux dames, pour me tendre un piège où je suis tombé ! Petite garce !

Jamais personne n'avait traité Agnése de garce.

Indignée, elle répliqua en jetant son café à la figure du Soviétique qui, aveuglé, resta quelques secondes à la merci des deux femmes. Mais, ces dernières ne surent pas profiter de l'occasion et Prozenski, empoignant la jeune fille par les cheveux l'obligea à s'asseoir puis lui appliqua le canon de son arme sur le crâne. Il s'adressa alors à Gelsomina :

— Vous, si dans cinq secondes vous ne m'avez pas dit où est le Français, je tue la fille !

La *signorina* ne pouvait accepter de voir assassiner sa nièce et l'honneur des Bronzolo fut encore une fois sacrifié :

— Au 7 de la *via* Nazario Sauro !

Peut-être Prozenski aurait-il quand même assassiné Agnése si cette dernière ne lui avait posé une question qui lui sauva la vie tant elle témoignait de son innocence.

— Vous... vous n'êtes donc pas le cousin de Bob, *signore* ?

— Je suis Anton Vassilievitch Prozenski ! Quant au cousin Bob, je vais de ce pas le transformer en cadavre !

Il exécuta une sortie telle que la tante et la nièce crurent de bonne foi que la dernière heure d'Argental n'allait pas tarder à sonner.

⁂

Devant les vieux mandolinistes assemblés, Annibale della Comana achevait le récit de la bataille de Carpi. Il termina dans une sorte d'envolée lyrique :

— Ils se sont quasi exterminés, les maudits ! Leur sang impur a abreuvé la terre émilienne ! Ce ne sont toujours pas eux qui réduiront notre ville en cendres ! Si, en dépit de mon âge, malgré ma faiblesse, j'ai pu triompher de ces athlètes assoiffés de massacre, c'est que le Ciel m'inspirait mes pensées, c'est que Dieu a choisi d'être Italien ! En cantique d'action de grâce, afin de remercier la Providence de ce qu'Elle a fait pour nous, pour lui assurer que nous sommes prêts à continuer notre combat, nous allons, mes amis, jouer la *Suite* n° 3 *en La Majeur* de J.-S. Bach.

Ils jouèrent de tout leur cœur, de toute leur âme, ne songeant pas une seconde aux cadavres de la villa Casottino, persuadés qu'ils avaient sauvé Modène d'une destruction dont l'éventualité, dans leur esprit fatigué, se muait en certitude. Annibale della Comana et sa troupe, perdus dans les ravissements de la belle, de la vraie musique, ne se souciaient pas de ceux qui ne partageaient point leur foi. Ainsi, Argental et Bronzolo purent-ils se glisser chez le marquis sans éveiller l'attention. Le chant des mandolines hala les deux hommes vers le salon sur le seuil duquel, figés d'étonnement, ils contemplèrent l'étrange tableau de cet orchestre de vieillards. Annibale les vit mais n'en continua pas moins à jouer, attendant la fin de la pièce de musique pour attirer l'attention de tous sur les deux importuns.

— Vous désirez, *signori* ?

Sous ces regards délavés, devant ces yeux aux paupières fripées, Bob se sentait horriblement gêné. Jamais encore il n'avait eu affaire à de pareils adversaires.

— Vous le savez très bien, *signor* marquis : le carnet du professeur.

Della Comana montra un coffre de la Renaissance, en bois orné d'appliques de bronze, et dans un mouvement d'orgueil :

— Il est là !

— Allez-vous m'obliger à le prendre ou me le remettrez-vous ?

Annibale s'inclina.

— Il faudra, dans ce cas, nous tuer auparavant !

Sur un signe, tous les musiciens abandonnèrent leurs instruments sur les sièges qu'ils occupaient et se rangèrent devant le coffre. Argental sortit son pistolet et les menaça.

— Ecartez-vous ou je tire !

Ils ne bougèrent pas. Il braqua, rageur, son arme sur le visage du premier et le bonhomme lui sourit, chuchotant d'une voix cassée :

— *Bimbo mal educato, hé* [1] ?

Bob réalisa la stupidité qu'il y avait à menacer de mort des gens à moitié morts. Il se demandait de quelle manière forcer Annibale et ses amis à lui donner le carnet, lorsque Ettore s'empara de la première mandoline lui tombant sous la main et la fracassa sur le dossier d'une chaise. Un cri de douleur jaillit du groupe et une vieille se précipita, les jambes tremblantes, les bras tendus. Bronzolo empoigna un autre instrument, Bob agit de même et ces hommes et ces femmes qui ne redoutaient pas la mort ne purent supporter de voir briser les mandolines, leurs derniers biens terrestres. Ils s'écartèrent du coffre pour se porter au secours de leurs chères mandolines. Argental fonça vers le coffre, et d'une bourrade, écarta le marquis tentant de s'opposer à sa marche. D'un coup de revolver, il fit sauter la serrure et put, enfin, s'emparer du secret du professeur Arena.

Leurs précieux instruments de musique mis

1. Gamin mal élevé, hé ?

à l'abri, les vieillards revenaient à la bataille et se dressaient entre Argental et la porte. Ettore ne se sentait pas d'un grand secours car ces vieux et ces vieilles ressemblaient trop à ses grands-parents pour qu'il osât les bousculer.

Brusquement, Lampagnini se jeta dans les jambes de Bob qui, surpris, pour ne pas choir, lâcha le carnet noir dont Mafalda Levico s'empara prestement. Elle le passa à Giorgio Ronzone qui l'enfouit sous ses couvertures où Adda le cueillit discrètement. Ainsi se poursuivit une étonnante partie de cache-tampon. Bob et Ettore ne se résolvant pas à trousser ces grands-mères ou à fouiller ces hommes âgés pour retrouver le document. Tout se serait terminé à la confusion du Français si ces mains rhumatisantes, aux articulations plus ou moins nouées, n'avaient perdu leur prestesse d'antan. L'un des ancêtres laissa échapper le carnet et d'un bond Argental sauta dessus. Un sinistre *lamento* souligna une victoire dont il éprouvait une honte bien désagréable. Craignant quelque traîtrise, Ettore et lui reculaient vers la porte lorsque brusquement on ordonna :

— Ne bougez plus, Argental, sans cela je me rappellerai que vous avez manqué me fendre le crâne !

Le Français et Bronzolo s'immobilisèrent.

— Très bien ! Tournez-vous lentement... Parfait !

Heureux, Prozenski regardait ses adversaires qu'il tenait à sa merci.

— Maintenant, Argental, tendez-moi le carnet de la main droite et gardez l'autre en l'air... si vous ne tenez pas à mourir...

Pensant aux vieux qui observaient la scène, Bob feignit de laisser maladroitement tomber le carnet. Aussitôt ce fut la ruée. Il y eut une mêlée quasi générale que le Russe contemplait d'un œil rond sans y participer encore. Pareil à l'épave que la tempête rejette sur le rivage, le carnet noir jaillit du conglomérat humain pour s'arrêter entre les combattants et Prozenski. Ce dernier, poussant un cri de triomphe, se pencha pour ramasser le butin tant désiré, mais au même instant, il reçut une telle bourrade qu'il partit, tête la première, se ficher au milieu du combat. Agnése apparut juste pour ramasser le carnet. Mais les autres étaient déjà debout, s'apprêtant à lui foncer dessus. Au moment où le Russe et le Français s'élançaient vers elle, elle jeta le document au marquis della Comana qui l'attrapa au vol, le renvoya à Lampagnini et de nouveau ce fut la partie de cache-tampon, mais à laquelle, cette fois, le Russe et Agnése se mêlèrent.

Exaspéré, Prozenski empoigna Annibale par le col et se mettait en devoir de l'étrangler lorsque Adda tapa gentiment sur l'épaule du Russe qui suspendit son geste.

— Qu'est-ce qu'il y a ?

— Le tzar !

— Le...

Une pareille affirmation détourna l'attention d'Anton Vassilievitch, juste le temps nécessaire pour que Ercole Lampagnini lui fracassât une chaise sur la tête. Dès lors, Prozenski se désintéressa complètement du carnet du professeur Arena. Débarrassés du Soviétique, les vieux, dont rien ne semblait devoir vaincre le fanatique entêtement, se retournèrent vers Argental qui avait récupéré le carnet et ne se sentait pas le courage de tirer sur ces gens-là. Il estima qu'il risquait de passer un fort mauvais moment. Mais Agnése se dressa entre les mains d'Annibale et Bob, les bras en croix.

— Laissez-le ! Je l'aime !

Ce mot « amour » fit l'effet d'une ondée apaisante. Les regards s'éclaircirent, les vieux doigts se décrispèrent, les échines se redressèrent un peu, les maigres poitrines se dilatèrent et tous ces visages fatigués se rajeunirent soudain dans l'illumination d'un sourire. Ces Roméo perclus, ces Juliette usées redevenaient ce qu'ils avaient été, face au spectacle de l'amour. Bob sauta sur l'occasion, et prenant Agnése par la taille, l'attira contre lui.

— C'est vrai que vous m'aimez ?

— Devinez !

Il la serra plus fort encore et ils échangèrent leur premier baiser, mais la jeune fille ne perdant pas la tête glissa sa main dans la poche de Bob, lui chipa le carnet et le passa une fois encore au marquis della Comana qui se décida à le jeter au feu devant lequel lui-même et ses amis se rangèrent pour monter la garde.

Prozenski, en ouvrant les yeux, aperçut le visage fripé et aimable d'une dame à cheveux blancs qui lui susurra sur le ton qu'avait Natacha Alexandrovna, grand-mère d'Anton :

— Savez-vous que vous avez été désopilant, Anton Vassilievitch ?

Prozenski acceptait d'avoir pu être n'importe quoi, sauf désopilant. La colère recommença à lui faire bouillonner le sang.

— Désopilant, hein ?

La dame eut un petit rire se voulant polisson et qui rappela à Anton ce sucrier de porcelaine fêlé que sa gouvernante allemande lui interdisait de toucher.

— Savez-vous, très cher Anton Vassilievitch, que Piotr Ivanotvitch Mazoïev a l'audace de vouloir épouser Tatiana Mikhaïlovna Lepotine ? N'est-ce pas monstrueux ?

Comme perdu dans un rêve éveillé, Anton s'entendit répondre :

— Positivement monstrueux...

Dans ce décor ancien, parmi ces morts-vivants aux propos surannés, Anton Vassilievitch s'entretenait des fantômes d'un monde disparu. Il y goûtait assez de plaisir pour ne plus penser à Kossyguine ni au carnet du professeur Arena. Brusquement, Prozenski sut qu'il ne retournerait plus jamais à Moscou, ce Moscou qui ne ressemblait plus au Moscou de son enfance, ce Moscou qu'une vieille dame italienne oubliée par la mort, ressuscitait pour lui avec des remarques n'ayant aucun sens et portant sur des personnages, sans doute réduits en poussière depuis fort longtemps.

Agnése et Bob, désenlacés, s'étaient assis sur un canapé, cadeau de la Duse à Annibale, un peu avant la première guerre mondiale. Au Français s'étonnant de son arrivée providentielle, la jeune fille expliqua :

— J'étais terriblement fâchée contre vous car vous n'avez cessé de me mentir depuis que nous nous sommes rencontrés... Au sujet de votre métier, de votre parenté avec ce Russe... Je vous détestais et ne voulais plus vous revoir... Et puis...

— Et puis ?

— Et puis, quand j'ai entendu votre faux cousin annoncer qu'il allait vous tuer..., lorsque j'ai appris l'existence de ce carnet dont dépendait peut-être l'avenir de l'humanité... J'ai suivi le Soviétique.

— Pour me sauver, Agnése ?

— Et aussi pour vous empêcher de retrouver le carnet.

Argental porta vivement la main à sa poche.

— On me l'a pris ! Agnése, qu'en avez-vous fait ?

Elle se contenta de regarder vers le feu que les autres avaient abandonné. Bob se précipita, mais dans le foyer, des secrets mortels du professeur Arena, il ne restait que des bouts de papier brûlé. Le Français revint lentement vers la jeune fille.

— Agnése, j'avais confiance en vous... Dommage...

Elle leva vers lui ses beaux yeux pleins de larmes.

— J'ai sans doute perdu votre amour, Bob, mais j'ai peut-être sauvé la vie de millions d'êtres humains... Je tâcherai de me consoler avec cette idée.

Il y avait tellement de détresse dans sa voix que Bob ne put s'empêcher de lui ouvrir les bras. Tandis qu'il la tenait contre sa poitrine, sa tête sur son épaule, il regardait le décor où sa vie prenait un nouveau départ. Il entendit Ettore expliquer à Adda Vetulonia comment il fallait s'y prendre pour cuire le *zampone* de façon impeccable, et sourit en voyant Anton Vassilievitch Prozenski, homme de confiance des Services Secrets soviétiques, danser les bras croisés sur la poitrine, au milieu d'un cercle de ruines impérialo-capitalistes qui, sur leurs mandolines, jouaient *Kalinka*.

Les Reines du Crime

Nouvelles venues ou spécialistes incontestées, les grandes dames du roman policier dans leurs meilleures œuvres.

BLACKMON Anita
1912 On assassine au Richelieu *(fév. 88)*

BRAND Christianna
1877 Narcose
1920 Vous perdez la tête *(mai 88)*

CANNAN Joanna
1820 Elle nous empoisonne

EBERHARDT Mignon
1825 Ouragan

KALLEN Lucille
1816 Greenfield connaît la musique
1836 Quand la souris n'est pas là...

LEE Gypsy Rose
1893 Mort aux femmes nues
1918 Madame mère et le macchabée *(avril 88)*

LE FAUCONNIER Janine
1639 Le grain de sable *(mars 88)*

LONG Manning
1831 On a tué mon amant
1844 L'ai-je bien descendue ?

McCLOY Helen
1841 En scène pour la mort
1855 La vérité qui tue

McGERR Pat
1903 Ta tante a tué

McMULLEN Mary
1921 Un corps étranger *(mai 88)*

MILLAR Margaret
723 Son dernier rôle
1845 La femme de sa mort
1896 Un air qui tue
1909 Mortellement vôtre

MOYES Patricia
1824 La dernière marche
1856 Qui a peur de Simon Warwick ?
1865 La mort en six lettres
1914 Thé, cyanure et sympathie *(mars 88)*

NATSUKI Shizuko
1861 Meurtre au mont Fuji

NIELSEN Helen
1873 Pas de fleurs d'oranger

RENDELL Ruth
1451 Qui a tué Charlie Hatton ?
1501 Fantasmes
1521 Le pasteur détective
1532 L'analphabète
1582 Ces choses-là ne se font pas *(fév. 88)*
1629 La banque ferme à midi
1649 Le lac des ténèbres *(avr. 88)*
1688 Le maître de la lande *(juin 88)*
1806 Son âme au diable
1815 Morts croisées
1834 Une fille dans un caveau
1851 Et tout ça en famille...
1866 Les corbeaux entre eux

RICE Craig
1835 Maman déteste la police
1862 Justus, Malone & Co
1870 Malone et le cadavre en fuite
1881 Malone est à la noce
1899 Malone cherche le 114
1924 Malone quitte Chicago *(juin 88)*

RUTLEDGE Nancy
1830 La femme de César

SEELEY Mabel
1871 D'autres chats à fouetter
1885 Il siffle dans l'ombre

SIMPSON Dorothy
1852 Feu le mari de madame

THOMSON June
1857 Finch se jette à l'eau
1886 Plus rude sera la chute
1900 Sous les ponts de Wynford

LE MASQUE

BABSON Marian
1712 Chapeau, miss Orpington !

BACHELLERIE
1791 L'île aux muettes
(Prix du roman d'Aventures 1985)
1795 Pas de quoi noyer un chat
(Prix du Festival de Cognac 1985)
1796 Il court, il court, le cadavre
1800 La rue des Bons-Apôtres

BARNARD Robert
1714 Ah ! quelle famille

BENNETT Dorothea
1765 Deux et deux font trois

BENZIMRA André
1717 Pour te revoir, Jonathan

BRETT Simon
1787 Le théâtre du crime
1813 Les coulisses de la mort
1858 Chambres avec vue sur la mort
1894 Qui portera le chapeau ?

BRUCE Leo
1658 Le tueur d'Albert Park
(voir également Les Maîtres du Roman Policier)

BURLEY W.J.
1762 On vous mène en bateau

CHRISTIE Agatha
1882 Le flambeau
(85 titres parus, voir catalogue général)

CLARKE T.E.B.
1724 Meurtre au Palais de Buckingham

DEVINE Dominique
1725 Week-end tragique

ELLIN Stanley
1670 Le compagnon du fou
1682 La puce de Beidenbauer
1702 La douzième statue
1729 La dernière bouteille

EXBRAYAT
(96 titres parus, voir catalogue général)

FERRARS Elisabeth
1704 Les cendres du passé

FERRIERE Jean-Pierre
1732 Un climat mortel

FORESTER C.S.
1706 A deux pas du gibet

GRAYSON Richard
1726 Meurtre sur la butte

GRIMES Martha
1703 Un si paisible village
1848 La belle au bois mourant

GRISOLIA Michel
1838 Les sœurs du Nord
(Prix du Roman d'Aventures 1986)
1846 L'homme aux yeux tristes
1847 La madone noire
1874 La promenade des anglaises
1890 650 calories pour mourir
1907 Nocturne en mineurs

GUIBERT Michel
1610 Le vieux monsieur aux chiens
(Prix du Roman d'Aventures 1980)
1705 Et si on tuait Bérénice ?
1716 Le pot-au-feu de Mme da Ponte

HALTER Paul
1878 La quatrième porte
(Prix du Festival de Cognac 1987)

HAUSER Thomas
1853 Agathe et ses hommes

HUMES Larry H.
1708 Saut périlleux

JOBSON Hamilton
1763 Pas un mot aux journaux !

JONES Cleo
1879 Les saints ne sont pas des anges

LOVELL Marc
1693 Enquête au royaume des morts

McCLOY Helen
1697 Permission de tuer
(voir également la série Reines du Crime)

MONAGHAN Hélène de
1379 La mauvaise part
(Prix du Roman d'Aventures 1975)
1683 Demain six heures

POURUNJOUR Caroline
1746 Des voisins très inquiétants
(Prix du Festival de Cognac 1984)

POWERS Elisabeth
1731 Tout ce qui brille

RENDELL Ruth
1589 Étrange créature
1601 Le petit été de la Saint Luke
1616 Reviens-moi
1640 Un amour importun
1661 L'inspecteur Wexford
1718 La fille qui venait de loin
1747 La fièvre dans le sang
1773 Qui ne tuerait le mandarin?
1806 Son âme au diable
(voir également la serie Reines du Crime)

ROUECHÉ Berton
1727 Le crime ne fait pas le bonheur

SALVA Pierre
1570 Des clients pour l'enfer
(Prix du Roman d'Aventures 1979)
1707 Le diable et son train... électrique
1739 Quand le diable ricane
1828 Le diable au paradis perdu

SIMPSON Dorothy
1710 Le secret de Julie

SMITH J.C.
1715 La clinique du Dr Ward

STEIN Aaron Marc
1760 Barbara sur les bras

TANUGI Gilbert
1699 Meurtres en eaux profondes
1709 Le jeune homme assassiné

TAYLOR Elizabeth A.
1810 Funiculaire pour la morgue

TERREL Alexandre
1733 Rendez-vous sur ma tombe
1749 Le témoin est à la noce
(Prix du Roman d'Aventures 1984)
1757 La morte à la fenêtre
1777 L'homme qui ne voulait pas tuer
1792 Le croque-mort de ma vie
1801 Le croque-mort s'en va-t-en bière
1822 Le croque-mort et les morts vivants
1867 Le croque-mort et sa veuve
1904 Enterrez le croque-mort!

THOMSON June
1594 Le crime de Hollowfield
1605 Pas l'un de nous
1720 Claire... et ses ombres
(Prix du Roman d'Aventures 1983)
1721 Finch bat la campagne
1742 Péché mortel
1769 L'inconnue sans visage
1781 L'ombre du traitre
(voir également la série Reines du Crime)

TRIPP Miles
1679 L'attentat du fort Saint-Nicolas
1700 Vol en solo
1790 Tromper n'est pas jouer

UNDERWOOD Michaël
1817 Trop mort pour être honnête
1842 A ne pas tuer avec des pincettes

VARGAS Fred
1827 Les jeux de l'amour et de la mort
(Prix du Festival de Cognac 1986)

WAINWRIGHT John
1689 L'homme de loi
1711 Le prochain sur la liste

WATSON Colin
1701 Tempête sur Flaxborough

WYLLIE John
1722 La tête du client
1752 Pour tout l'or du Mali

IMPRIMÉ EN FRANCE PAR BRODARD ET TAUPIN
Usine de La Flèche (Sarthe).
ISBN : 2 - 7024 - 0143 - 0
ISSN : 0768 - 0384

H 31/0153/2